その絆は対角線

円居　挽

内気な性格に悩む中学生の千鶴は、自身を変えるための新しい挑戦として、“憧れの国”と呼ばれる四谷のカルチャーセンターに通い始める。そこで出会ったのは、性格も学校も異なるがそれぞれに悩みを抱える同い年の、桃、真紀、公子。なぜかいつも講座でささやかな謎に遭遇する彼女たちは、時にぶつかり合い、時に支え合いながら、事件を通して自分の内面を見つめ直していく。創作講座で絶賛された作者不明の原稿、経済学講座を担当するカリスマ講師を巡る盗難事件。それらの謎を解き明かした時に、少女たちは成長していく。温かな青春ミステリ。

その絆は対角線

日曜は憧れの国

円居　挽

創元推理文庫

SUNDAY QUARTET 2

by

Van Madoy

2017

目次

本文イラスト　煙楽
本文デザイン　鈴木久美

その絆は対角線

日曜は憧れの国

その絆は対角線

中学生活二年目も半分を過ぎて、温室育ちのわたしもようやく、他人が自分のために都合良く動いてくれないことを理解できるようになった。

ただ一方で、それ自体は仕方が無いことだとも思う。彼ら、彼女らにも自分の人生があるからだ。実際、わたしだって誰かの都合に左右されるような人生を送りたくはない。

そこまで解《わか》っていて尚、今のわたしはどうしても彼女たちを自分の願い通りに動かしたかった。

神原《かんばら》さんに協調して欲しい。そして先崎《せんざき》さんには復帰して欲しい。いずれもわたしのエゴであることは承知しているし、二人に対してそれを隠すつもりもない。

しかしどんな言葉をかければ神原さんと先崎さんの心は動くのか……簡単には答えが出そうになかった。

＊

十月のある日曜日の昼下がり、この日の受講を終えた暮志田《くれしだ》千鶴《ちづる》は受付で手続きをしていた。千鶴は少し前に十四歳になったばかりの、比較的裕福な家庭で育ったお嬢様だ。それは身嗜《みだしな》みだけでなく立ち居振る舞いやさりげない所作にまで現れており、同世代では圧倒的に少数派に属するタイプの少女であることは間違いなかった。

しかし千鶴は自分を生まれ育った環境以外、大した取り柄《え》のない人間だと思っていた。一応、千鶴の通う倉瓜《くらうり》学園は世間ではそれなりのランクの私立中学だが、学業や課外活動において校内で埋もれているとどうしても自己肯定感は生まれにくい。引っ込み思案で、容姿も地味と自覚していると尚更だ。

そんな千鶴が自分を変えるヒントを求めて今の講座に申し込んだのは必然だった。そして今日、千鶴は確かな手応えを感じていた。

「では後はこちらで処理しておきます」

「ありがとうございます」

千鶴が受付の女性に丁寧《ていねい》に頭を下げてセンターを辞そうとすると、突然ロビーの椅子に座っている赤いメガネの少女から声をかけられた。

「よ、千鶴」

神原真紀《まき》だった。ちゃっかりした都会っ子だが、相変わらず私服がお洒落《しゃれ》だ。

一応千鶴と真紀は同学年だが、二人が同じ学校に通っていたことはないし、おそらくこれからも同じ学校に通うことはないだろう。ではどうしてそんな二人が知り合ったのか……。

全ては今年の五月に始まった。この四谷文化《よつやぶんか》センターのお試しコース『トライアル5』に申し込んだ四人――一緒なのは年齢だけで、あとは育ちも学校もバラバラ――が仲良くなったのがきっかけだ。何故《なぜ》か受講の度《たび》に少し不思議な謎と関わる羽目になったが、結果的に幾《いく》らか世界が違って見えるようになったのは確かだった。

「今帰り？」

「はい」

まあ本来、トライアル5が終わればそれで終わる縁だったのだが、誰からともなく引き続き通いたいという話が出た。皆で話し合った結果、それぞれ今の自分に必要だと思う講座を受けることにした。だから申し込む講座もタイミングもバラバラだ。実際、千鶴は皆に先駆けて『中学・高校では教えない経済学』の第一回をたった今受けたばかりだ。

「神原さんは……また抽選待ちですか？」

「そういうこと。まあ通ってたら手続きして、落ちたら次のやつすぐに申し込むし。あとは万一のキャンセル待ち」

千鶴はつい苦笑する。テコ入れなのか、四谷文化センターは突然各界の有名人を講師として招くようになった。大抵は一回きりの特別講座か、そうでなくても一クール止まりなのだが、申し込みが殺到して抽選が当たり前みたいな状態になっている。まあ、テコ入れとしては大成功しているが、真紀はここ一ヶ月半ほど落ち続けている。

「人気講座を申し込まなかったらいいのではありませんか？」

「え、折角《せっかく》同じ料金払うなら有名人の方がお得でショ？」

そうは言うが、真紀が芸術系の講座を手当たり次第申し込んでは、外していることを知っている。それならいっそ倍率が低くても面白そうな講座を選んだ方がいいと思うのだが、その点で解り合えていない。

「……わたしは違うと思うんですけどね」

千鶴はこのまま帰るのは薄情な気がして、なんとなく真紀の隣に腰を下ろした。だが、すぐに自分の間違いに気がついた。何故なら千鶴は、自分から真紀に話を振ったことが殆《ほとん》どなかったからだ。真紀から千鶴に話を振ってもらった記憶もあまりない。その理由は明らかで、ここにいない先崎桃《もも》と三方《みかた》公子《きみこ》を介してしか真紀と繋がったことがないせいだ。

千鶴、桃、真紀、公子を四角形で表すなら、間違いなく千鶴と真紀は対角線で結ばれる位置関係にあった。

桃と公子は容姿も性格も全然似ていないが、いずれも生来の賢さと裏表のなさを併せ持つタイプ、千鶴はそんな二人を尊敬していた。だからこそ二人には積極的に声をかけることができたし、それが楽しかった。しかし相手が真紀となると途端に声をかけ辛《づら》くなる。裏表のない二人に比べて、何を考えているのか解らないところがあるからだ。一方で、真紀は真紀で千鶴のことをそう思っている節があって、出会ってから約半年が経っても、その仲が大きく進展することはなかった。

何か共通の話題を……何か。

しかし焦《あせ》れば焦るほど頭が真っ白になっていく。何か話題があっての着席かと思った真紀も、気まずい沈黙に耐えかねたのか、とうとうスマートフォンを操作し始めた。

これは良くないです……。

千鶴はそれを苦々しい思いで見つめる。なんというか……長い付き合いの友人同士ならそういうことはあってもいいとは思う。しかしこのまま黙っていると、この微妙な関係が永遠に固定されてしまいそうで……そういうのは好ましくないと思ってしまった。

「そのキャラクター、格好いいですね」

とりあえずスマートフォンでゲームを始めていた真紀に話しかけてみる。

真紀はゲーム好きだが、千鶴にはそもそもゲームをする習慣がない。興味はあるが、成績を下げるリスクを抱えてまで触れる気はおきない。

「んー、格好いいは格好いいんだけど……3アビが激ヤバと思って育ててたんだけど、イメージほど強くなくてサ。単純にレベルが足りないだけっぽいけど、カンストまで育てないと目に見えるほどの効果は発揮されないとか、調整ミスってんじゃないのかって思うんだヨ」

「そ、そうなんですね」

駄目だ。真紀の言ってる意味が半分も解らない。そんな状態では面白がるどころではないし、相づちにも限界がある。

というか、これでは学校と同じではないか。仲が良いわけでも悪いわけでもない同級生たちとの、わざとらしいコミュニケーションを思い出して厭《いや》な気持ちになった。

自分がいきなり変われないのは承知してる。けど意識的に変えていかないと、ずっとこのままになってしまう……間違っても母親のようになりたくないから、あの講座を選んだのに。というか、早くあの人のように自立した大人になりたい。

千鶴はふと、つい先ほど受けたばかりの『中学・高校では教えない経済学』を思い出していた。

＊

彼女は開口一番、流暢《りゅうちょう》な英語でこう自己紹介した。

「My name is Erika Houseman.」

エリカ・ハウスマンは大きな眼、彫りの深い顔立ち、柔らかそうな厚い唇を派手なメイクで彩《いろど》り、素人《しろうと》目にも高級そうなスーツに身を包んでいた。金髪碧眼の彼女は、海外ドラマから抜け出てきたキャリアウーマンのようだった。

千鶴はこの、普段の生活では決して交わることがなさそうな三十前後の美女を最前席で緊張しながら見守っていた。

「この中で英語が得意という人は？」

生徒たちはみな顔を見合わせると、一斉に首を横に振った。中高生しかいないとはいえ、お互いにほぼ初対面ということもあって派手に自己主張できる雰囲気ではない。

エリカは教室を見回すと残念そうに肩をすくめた。

「全員大丈夫なら英語で進めようと思ったのに……まあレッスンは日本語で進めるとして今の消極性はバッドね。他人のことなんて気にする必要なんか、全然ナッシンなのにね。どうせ初対面でしょ?」

千鶴はとてもバツが悪くなった。『出る杭は打たれる』という教えが、骨の髄まで染みついているせいだ。

「簡単に自己紹介しましょうか。私は日本生まれのイギリス育ち。ちなみに父親が日本人で母親がイギリス人ね。と言っても物心つかないうちにイギリスに移住したから、中身は殆ど向こうの人間なんだけど。日本語は別にエキスパートってわけじゃないから、時々英語がミックスされても気にしないでね」

そうは言っても充分に話せているではないか。

「ユーたちの歳ぐらいの頃は真面目《まじめ》に勉強したかな。お陰でケンブリッジに入れて、そのまま大学院でMBAを取得して……少し前までシルバーマン・ミュースで働いてたの」

経歴はよく解らなかったが、何だか凄いということだけは伝わってきた。シルバーマン・ミュースというのはいわゆる外資系企業だろうか。もしそうなら凄い給料を貰《もら》っていた筈《はず》だ。

「まあ、エフォートの分メイクマニーできる社風は解りやすくて好きだったけど、先の見えたキャリアに興味が持てなくなってね。シルバーマン・ミュースを辞めて、父親の母国で新しいことを始めてみようと思って日本に帰ってきたけど……日本というのは想像以上に息苦しい国ね。ショーグンがいたのなんてワンスアポンアタイムな昔なのに、未だに封建《ほうけん》主義は健在なのね」

どんどん英語が交ざるようになってきた。

「そういえば江戸時代の日本には藩という単位があったけど、ユーたちの通っている学校も一つの藩なの。成績で生徒たちを縛り付けている以上、学校の支配者たちは成績以外の物差しが校内に存在することを好まない。だからマニーの話をしないでしょ？」

言われてみればその通りだ。どのカリキュラムにも経済を教えるものはない。

「一つは自分たちの権威が落ちるから。もう一つは……彼ら自身もよく解ってないから。メイクマニーのノウハウを知ってる人は、普通学校の先生にならないでしょ？」

と突然冗談めかした口調になる。アメリカンジョークというやつだろうか。イギリス人だけど。

「勿論《もちろん》、教師こそ天職という人もいるから茶化すのはこの辺にしておくにしても、解っていないことを教えるのはとーってもディフィカルト！　手を出さないのは当然かも」

なかなか辛辣《しんらつ》だ。ただ、学校の中でしか威張れそうにない教師を知っている分、エリカの話に肯《うなず》けてしまう面もある。

「まあ、教えないのは教師のメンツを保つためとしても犠牲になるのは生徒たちの方。学校から放り出されたらもう本番開始で、人生の先輩たちにいいようにされてしまう……ナンセンスと思わない？　溺れながら泳ぎを覚えろと言ってるのと同じ。あまりにも無責任ね」

エリカにそう言われて千鶴は学校に憤《いきどお》りを覚え、そして猛烈に不安になってきた。果たして自分は泳げるようになるのかどうか……。

「ユーたちの学校のティーチャーたちはエデュケーションの専門家ではあっても、人生や社会の専門家ではない……私がこれから教える経済学は、ケインズだとかスティグリッツだとか、そういう学者先生の名前がつくようなハードなものじゃないの。その代わり、とっても役に立つ生きた経済の話をしてあげる。これは海外で育って現実の最前線を見てきた私だからこそ、教えられるものよ」

周囲を窺《うかが》うと、生徒たちはもう一刻も早くエリカの話を聞きたいという表情をしている。そして千鶴も同じ気持ちだった。

「誤解しないで欲しいんだけど、学校を信用するなと言ってるわけじゃないの。学校は実績のために良い進学先に生徒を送り出したいし、生徒も自分の将来のために良い進学先にありつきたいから、この点で両者はステークホルダーなの。おまけに彼らは教育面ではプロフェッショナルなのだから……利用すべきところは利用して、譲りたくないところは譲らない。そういうクレバーな生き方を身につける手助けができたらと思ってるの。

いい？　私たちは世に生まれ落ちた時から他人同士……他人は自分に都合良く動いてくれないもの。だけど人はメリットを提示することで動かせることもある。今日はその原則を憶《おぼ》えて帰ってね」

クレバーな生き方。一部の人たちにとっては褒《ほ》められたものではないかもしれないが、エリカの口から語られたそれに千鶴は憧れを抱いてしまった。

「さあ、レッスンを始めましょう」

そこからはあっという間だった。まるで九十分が三十分にも満たない時間のように思えた。

「おっと、タイムアップ。今日はこれまでね」

エリカがそう言って話を打ち切った直後、千鶴の頭はまだフワフワしていた。エリカの自信に溢《あふ》れた話し方は、これまで学校や塾では触れたことのない異質なものだった。自分の人生に誇りを持ち、肯定していないとこうはならないのだろう。

教室から出て行こうとしたエリカだったが、何かを思い出したようにこんなことを生徒たちに告げた。

「さて、ホームワークを一つ。誰にも遠慮せずに自分を通しなさい。ほんの些細《ささい》なことからでいいから。例えばそう……言いたいけど、誰かに遠慮して言えないことを口にしてごらんなさい。たった一回、それだけのことでもユーたちは変われる」

そして颯爽《さっそう》と去って行く姿に生徒たちは皆、見惚《みと》れていた。

＊

「……でさー、桃の奴、最近メール送って来ないんだけど」

どうやらエリカの講座を思い出したせいで、しばらく意識が飛んでいたようだ。

「どうしたノ？」

ここで正直にボーッとしてたと言うのも何か感じが悪くて、千鶴は咄嗟《とっさ》に話を合わせる。

「そ、そういえば先崎さんを最近見かけませんね」

「そうなんだよネ。家の方で何かあったのかナ？」

「もしかして、何を受けるのか知られたくないのかもしれませんね」

「けど、そんな受けるのが恥ずかしい講座なんてあったかナ？」

そう言いながら真紀はパラパラとカタログを捲《めく》る。しかし千鶴の憶えている範囲ではそんな公序良俗に反するような講座はなかった筈だ。そもそもここは街のカルチャーセンター、講座のバリエーションが売りではあるがそれでも知れている。

「よし、こうなったら直接訊こうヨ」

真紀は勢い良く立ち上がると、受付の方に駆け寄った。千鶴も慌ててそれを追う。

「どうしたの神原さん？　抽選の発表はまだだよ」

受付の三十前後の女性——須藤《すどう》という名だ——は少し困ったような顔で真紀をたしなめる。

「あー、違う違う。先崎さんがどの講座に申し込んだのかこっそり教えてヨ？」

須藤は苦笑いしながら首を振る。

「駄目駄目。個人情報だから……」

しかし、須藤はすぐに真顔になってこう言い直した。

「あれ？　でも先崎さんにはまだカタログ渡してなかったような」

「それ、本当ですか？」

「カタログはパンフレットと違って刷るのにまあまあお金がかかってるから、ちゃんと渡した相手と日時を記録してるんだけど……やっぱり先崎さんは取りに来てないわねえ」

カウンターの向こうでリストを確認しながら、彼女はそう答えた。

「それとも誰か自分の分を渡したりした？」

そんなことを訊《たず》ね返されて、二人は同時に首を横に振った。

それからしばらく後、千鶴は真紀と一緒に四谷文化センターを出た。

「あの、残念でしたね」

真紀は今回の抽選に漏れたが、ちゃっかりまた次の抽選に申し込んでいた。

「そんなことより、あの桃がカタログ取りに来てないなんて変だよネ」

「わたしもそう思います……」

「ミカのやつが渡したとか？」

真紀はここにいない三方公子をそう呼ぶ。

「いえ、そんなことはない筈ですよ」

「どうして？」

「三方さんは最初から受ける講座が決まってましたから」

「ああ……そういやそうだったネ」

公子は小説講座を本格的に受けると決意していたので、わざわざカタログを貰っているとは考えにくい。

「あれ……もしかして桃はもう通う気がないってことにならないかナ？」

「そんな、まさか」

千鶴はなんとなく否定してはみたものの、真紀に示すことのできる確たる材料はない。むしろ真紀の言葉が的を射ているような気がしてきた。

「ね、確かめに行こうヨ」

「そんな……先崎さんに悪いですよ」

「笑いながらそんなこと言っても説得力ないヨ」

え、笑ってた？

真紀にそう言われて千鶴は思わず自分の頬に触れる。よくは解らないが、無意識の内に笑っていたのかもしれない。

「……どうせわたしが行かなくても、一人で行くつもりですよね？」

「お、ちょっとはウチのことが解ってきたネ」

「仕方ないですね。わたしも行きましょう」

なんとなく波長が違うと思っていた真紀だったが、今だけは長い付き合いの友人のように息が合った。千鶴はどうしてだろうと少し考えてみて、すぐに辿《たど》り着いた。

共通項なんて、ここにいない友人のことで充分ではないか。

桃の家は、四谷文化センターからさほど遠くはない場所にあった。

「四谷でもちょっと入るとこんな感じのところがあるんだネ」

真紀に言わせれば四谷はハイソで洗練された地区だそうだ。まあ、表通りだけ見ていればそうかもしれないが、それは四谷のほんの一面でしかないと千鶴は思う。昔ながらの風景も探せばまだ残っている。

「確かこの辺だと思うんですけど……」

二人はやがて一軒の木造家屋を見つけた。パッと見にも相当古く、屋根の瓦《かわら》が一枚剝《は》げているのがまた妙に痛々しい。千鶴の目には、朽ちつつある昭和の幻影が、ギリギリ現代に留まっているように見えた。

「え、もしかしてここ？」

驚いている真紀の視線の先を見ると、門には『先崎』という表札が嵌《は》まっていた。ということは、この古い木造の家が桃の実家ということになる。千鶴は桃の家とは知らずに、いささか失礼な感想を抱いた自分を恥じた。

二人が何も言えずに門の前に立ち尽くしていると、一人の女性が出てきた。面立《おもだ》ちがどことなく桃と似ているから、きっと母親だろう。

女性は二人の姿を見つけると、怪訝《けげん》そうな顔でいきなり訊ねてきた。

「もしかしてうちに用？」

「あの……」

千鶴は咄嗟に言葉が出て来なかった。こっそり偵察に来たという後ろめたさが、口を鈍《にぶ》らせたのだ。

「ウチら、駅前の文化センターで桃と一緒だったモンでーす」

そんな千鶴を見かねた真紀が、あっさりと答えてしまった。こういう時、真紀の調子の良さは頼りになる。

「ああ、あの……聞いてるよ。桃がお世話になったねえ」

「ウチは神原真紀、こっちは暮志田千鶴です」

「く、暮志田です」

千鶴は何とかそれだけ言って頭を下げる。顔を上げた時、女性はもうにっこり笑っていた。

「桃は今、おばあちゃんの病院までお使いに行ってるから。けど、もう帰って来てもいいのに……どこで油を売ってるんだか」

「入院ですか？」

心配そうに真紀が訊ねると、女性は手を横に振る。

「ああ、大丈夫。そんな深刻なものじゃないから。歳が歳だから、ちょっと風邪をこじらせたぐらいでも、大事を取らないとって話。明日か明後日《あさって》には退院するし……」

そう言って女性は一瞬、二人を招き入れようとするが、すぐにすまなそうな表情でこんな断りを入れた。

「立ち話になっちゃってごめんね。上がって待ってて貰いたいところなんだけど、中にカリカリした受験生がいるから」

「え、お兄さんかお姉さんですか？」

聞いた話では桃は一人っ子だった筈だ。しかし女性は笑いながら否定する。

「違う違う。ウチの旦那。資格取らないと会社に居場所がないんだって。もう今まで見たことないぐらい余裕がないから、流石《さすが》に私もそっとしておこうかなって。その必死さを、どうして大学受験で発揮できなかったんだろうねえ」

女性はそう言って更にハハハと笑うが、千鶴も真紀も愛想笑いしかできなかった。

「二人とも賢い学校に通ってるんでしょ？　桃ももう少し根性があったらねえ」

「ええ、まあ……」

「せめてまた文化センターで、二人みたいな賢い子のエキスを吸ってくれればいいのに」

千鶴がどう反応したものか困っていると、背後でキキッと心地よいブレーキ音がした。振り向けば自転車に跨《また》がった桃が驚いた顔でこちらを見ていた。

桃は地元の公立中学に通う少女だが、小柄で髪も短いため、格好によっては歳下に見えたり男の子に見えたりで、なかなか千鶴たちと同じ中学二年生の女子に見えない。まあ、出会ってから半年近く経って、流石に小学生と見間違えるような雰囲気ではなくなったが、それでも四人の中では一番幼い。

「あれ、何してるの？」

良いタイミングで桃が帰って来てくれて、千鶴は安堵《あんど》した。

「遅いよ。どこで道草食ってたの？」

帰って来たばかりの桃に女性は文句をつけた。

「おばあちゃんと話してただけ。それに夕方の買い出しまでまだ時間あるでしょ？」

「なんだ、憶えてたんだ。じゃあ、忘れずにね！」

そう言って女性は先に家の中に戻ろうとするが、とてもじゃないが桃を拘束できる雰囲気ではない。

「いや、わたしたちもそろそろ帰りますし」

「そうそう。帰る前にちょっと寄っただけですヨ」

二人が口々にそう言うと女性は意外そうな顔で「そうかい？　じゃあ、またね」と言って引っ込んだ。

「二人とも久しぶりだね……」

桃は決まり悪そうな笑顔を浮かべていた。

「講座はどう？」

「生憎《あいにく》、ウチはまだ抽選待ち。千鶴はどうヨ？」

「わたしはとっても楽しいです。先崎さんはまだ決めてないんですか？」

千鶴はその瞬間、桃の眼が泳いだのを見逃さなかった。

「うん。色々悩んではいるんだけどね……カタログ見るだけで目移りしちゃって」

明らかな嘘だ。何故なら桃はまだカタログを貰いに行ってすらいないのだから……。

「そっか。まあ、そんなもんだよネ。じゃあ、また決めたら連絡してネ」

「うん。またね」

桃は曖昧《あいまい》な表情で、別れの言葉を切り出した。


「……ウチら、ちょっと無邪気すぎたかもネ」

四《よ》ツ谷《や》駅への道すがら、真紀はポツリとそんな言葉をこぼした。

「そうですね」

老朽化した家と落ちたままの瓦、高齢の祖母の入院、おそらくリストラ対策の資格試験でカリカリしてる父親……深く穿鑿《せんさく》せずとも先崎家の家計状況が思わしくなさそうなのは、見てとれた。一つ一つは外野が思うほど深刻でないのかもしれないが、これだけ重なっていると流石に心配になる。

千鶴は今まで桃を普通の家庭の子だと思っていた。その認識自体はそう間違っていなかったが、〝普通〟にも相当な幅があることをたった今知った。

「ただ、先崎さんのお母様を見ている限りでは、そこまで深刻な感じはしませんでしたね。携帯電話を持たせているぐらいですから、決して余裕がないのとは違うというか」

「ケータイに関しては色んなプランとかあるし、家庭ごとのポリシーもあるから一概には言えないけど、あのお母さんの口ぶりでは桃に文化センターにまた通って欲しそうな感じだったネ」

「だったら……先崎さんを誘いましょう。四人が三人になってしまうのは厭です」

「けど、そう簡単にはいかないかもヨ」

「どうしてですか？」

「千鶴、ラストストローって知ってるかナ？」

「ストローって……あのストローですか？」

「藁《わら》って意味だヨ。まあ、昔は藁をストローとして使ってたからそう大きく外れてないけど。想像して。凄く重い荷物を運べるラクダがいるとして、その背中にとっても軽い藁を積んでいくところを。どのくらいならいけると思う？」

どのくらいと言われても難しい。ラクダの積載量やストローの重さを提示してくれないと、計算のしようがない。

「うーん、少なくとも千本は余裕だと思いますけど、一万本までいけるかどうかは解りませんね」

千鶴がそう答えると真紀は意地悪く笑う。

「……って実は何本積めるかというのが本質じゃないんだナ」

じゃあ、訊かないで欲しい。

「要はいくら軽い藁でも重さはあるし、凄く重い荷物を運べるラクダにも限界があるってことなんだけど……軽い藁でも積んでいけば、いつかはラクダも動けなくなるのネ。その動けなくなる最後の一本を、ラストストローって呼ぶんだヨ」

その概念は知らなかった。千鶴は真紀を少し見直した。

「そんなこと、よく知ってましたね」

「最近読んだ本にたまたま書いてあっただけ。言わせないでヨ」

初めて出会った時はゲームが趣味で本なんて読まなかった筈なのに、いつの間にそちらに手を出すようになったのだろうか。

「脱線したネ。多分、桃はラストストローを怖がってるんだと思う。自分が文化センターに通うお金のせいで、先崎家の家計が崩壊するんじゃないかってネ」

真紀のラストストロー理論が正解かどうかはともかく、それで一通り説明できてしまうのは確かだ。

「そんな状態の桃が、ウチらに何か言われた程度でお母さんに相談すると思う？」

「思い……ません」

「そういうこと。残念ながらどうしようもないネ」

これが先崎家の問題であり、桃自身の問題でもあるのは自明だ。外野が手を出せるような内容ではない。そうは解っていても、千鶴は納得できなかった。

「だったらわたしたち、先崎さんにどんな声をかけたらいいんでしょうね……」

千鶴は何気なくそう訊ねた。

「別に何も言わなくていいんじゃネ？」

真紀の返答は予想もしないものだった。多少の同意は得られると思っていたのに。

「神原さん、それはどういう意味ですか?」

「え、解んないかナ? 桃が何も言ってこないのはそっとしておいて欲しいってことっショ。だったら、外野のウチらができることなんて何にもないヨ」

真紀は察しの悪い人間を見るような目で、こちらを見つめている。自分と真紀の性格から考えて、適当に誤魔化《ごまか》してさっきの疑問を口に出さなかったことにするのが最善だろう。

「……まあ、神原さんの言うことはよく解ります」

しかし今、千鶴はエリカの言葉を反芻《はんすう》していた。

ほんの些細なことでいいから、誰にも遠慮せずに自分を通す。誰かに遠慮して言えないことを。たった一回でいいから……。

千鶴は何かに背中を押されるように、本音を吐き出した。

「けど……それでも先崎さんに優しい声をかけることぐらいはできます。それの何がいけませんか?」

すぐに小さな震えがやって来た。誰かに反対意見をぶつけるというのが、こんなに緊張することだと忘れていた。

「ふーん、そう……」

真紀は一瞬千鶴を睨《にら》んだが、やがて鼻白《はなじろ》んだ顔でこう言い捨てて去って行った。

「……やっぱ合わないネ、ウチら」

残念ながら千鶴もそれだけは同意できた。対角線で結ばれる関係なんて所詮こんなものだ。

明けて月曜日、千鶴が学校から帰ると、台所から包丁の音が聞こえた。トマトやコンソメの良い匂いが玄関まで漂っている。

「ただいま」

「おかえり」

リビングでは母親の姫子《ひめこ》がテレビを眺めていた。ということは、台所で夕食の準備をしているのは通いの家政婦さんだ。まあ、姫子の家事嫌いが急に直ったりする筈がないと、千鶴も諦《あきら》めている。

「学校で何かあった?」

「特に。いつも通りだよ」

「そう。まあ、成績落とさなければ別にいいけど……」

そう言いながら、姫子の視線はテレビから離れない。何をそんなに夢中になっているのかと思えば、観《み》ているのは夕方のワイドショー。特集されているのは、今汚職で話題になっている都議会議員だ。詳細はよく知らないが、何でも自分の後援者に商売上有利な情報を流したり、便宜を図《はか》ったりしたそうだ。しかし千鶴は、この都議が東京を変える新世代の政治家として、選挙前から注目されていたことを憶えている。その時は、そこまで悪いことをするような人間には見えなかったのだが……。

「あー、やっぱコイツ駄目ねえ」

ただの独り言だが千鶴は妙に厭な気持ちになった。いや、汚職をするような政治家が駄目ということについては同意できるのだが。

「なんか胡散臭《うさんくさ》いって前から思ってたのよね。投票した人たち、見る目ないわー」

しかしよくよく思い出してみると、以前の姫子は「この人、ハンサムねえ」とか言っていた筈だ。そもそも政治にさほど興味がある風でもなかった癖に、どうしてこんなにエラそうなのか。姫子が結果論者なのは今に始まったことではないが……。

姫子のことを考えている内に、だんだん頭が痛くなってきた。昨日の真紀との諍《いさか》いもまだ消化できていないのに、これ以上頭痛の種を増やさないで欲しい。

当の姫子はひとしきり文句を言って満足したのか、もう既にチャンネルを替えており、お笑い芸人のレポートで笑っていた。こういうところが少しでも遺伝していれば、千鶴も悩むことはなかっただろうに……。

そんな下らないことで悩んでいたら、突然こんなメールが来た。

『暇なら少し会えないか？』

着替えを済ませた千鶴は、待ち合わせ場所である近所の公園へ向かう。ベンチでは既に公子が、本を読みながら千鶴の到着を待っていた。公子は近くにある名門校 娘心館《じょうしんかん》学園に通っている。制服のままでいるところを見ると、下校した足で公園に来たのだろう。そういえば、こうやっていきなり呼び出されて会うのは初めてのことだった。

「お、早かったな」

三方公子は四人の中では、一番浮き世離れした少女だと思う。やや男性的だが整った顔立ち、高い背、切り揃えられた長い髪……同じ中学二年生とは思えない。それでいて成績は極《きわ》めて優秀で、感情に決して流されないのだから、ちょっとした完璧超人だ。

「お待たせしました」

千鶴は隣に腰を下ろす。同じ一対一でも、真紀と違って公子はずっと楽だ。

「突然どうしたんですか?」

「神原と喧嘩《けんか》したそうだな」

公子のストレートな物言いに、千鶴は思わず真顔になる。

「なんで知ってるんですか?」

「当人から電話があってな。そういうことだから察してくれと」

そういうオープンでドライなところは真紀らしい。一方の千鶴は、喧嘩のことを誰にも言わずにいるつもりだったのだ。これも性格の違いだろうか。

「おまけに先崎も絡んでるそうじゃないか。このままだと我々の関係は終わるぞ」

「終わるだなんて……大袈裟《おおげさ》ですよ」

「そうか? たった数ヶ月の付き合いだぞ。個人的な喧嘩一つで、あっさり終わってもおかしくはないだろう。生憎、私は人間関係の自然修復を期待するほど楽観的じゃないんだ。だから仲裁《ちゅうさい》してやろうと思って」

「仲裁ですか……」

公子の口から放たれた仲裁という言葉が、千鶴の心を引っ掻いた。別に間違ったことを言っていないのに、どうして取りなされなければならないのか。

千鶴が公子を微《かす》かな不審と共に見つめると、公子は口角を上げてこう言った。

「私も他人の心が解らないと言われる方だが、今のお前が何を考えてるかぐらいは解るぞ」

「え?」

「お前、私が自分の肩を持ってくれないことに拗《す》ねてるな?」

要はそういうことなのだが、図星を指された千鶴は思わず赤面し、そしてむくれた。

「……もういいです。放っておいて下さい。これはわたしたちの問題です」

「待て待て。自分が間違っていないと思っている者同士の争いは、捨ておけばこじれる。私はそうなる前にケリをつけたいんだ」

今のところ考えられる決着は、真紀がヘソを曲げて絶交を宣言してくるか、あるいは千鶴が自分を曲げて頭を下げるか……できることならどちらも御免被《こうむ》りたい。

「神原から聞いて大まかな喧嘩の内容は把握しているつもりだが、今回の争点や不満点を、もう一方の当事者である暮志田自身の口から話して貰えると助かる。言語化して気がつくこともあるだろうし、そちらにとっても無駄ではないと思うが……どうだ?」

公子は千鶴の知り合いでは最も理性的な人間だ。公子に委《ゆだ》ねればそこまで悪い決着にはならない気がする。

「先崎さんはとっても頭のいい人です。先崎さんの中で結論は出ているのかもしれませんが、傍観するという選択肢だけはないと思うんです。確かに先崎さんにかけるべき言葉は簡単には見つかりそうもありませんが、だからこそ真面目に考えるべきじゃないかって……」

「奥石《おくいし》先生からの課題を思い出すな」

七月、四人は一緒に小説講座を受け、そこで正解のない問いについて考えさせられたのだ。

「今思い返しても、お前の出した答えは素晴らしかった。少なくとも私には絶対に辿り着けなかった」

「またその話ですか」

折に触れ公子はこの話を蒸し返すが、千鶴はただのまぐれだと思っている。まあ、それでも公子に褒められるのは厭ではなかったが。

「人の心の機微《きび》が解らないと小説が書けない気がして、最近は一人でいる時に他人の心の動きについて色々と考えるようになった。ただ、それでもまあこの分野に関してはみなの後塵《こうじん》を拝している自覚はある」

思えば、公子もこちら側に随分と歩み寄ってくれるようになったものだ。まあ、本来はわざわざ時間を取って考えるようなことでもない気がするのだが。

「突き詰めて考えれば考えるほど、我々が口にできるのは気休めだけだという気がしてくる。だが気休めであったとしても、それが先崎の心に届くかどうかは別の話だと思う。その点が神原の主張には欠けていた」

「そう、そうなんですよ！」

公子の同意が得られて少し嬉しい。それだけ真紀に否定されたのがショックだったとも言える。

「しかし残念ながら、今の私には先崎の心に届くような気休めは思いつかない。だが奥石先生の心に触れたことのあるお前ならあるいは、とも思っている。こういう正解のない謎かけはお前の方が得意だろう」

「だからあれは……ただの偶然ですよ」

現に今回はさっぱり思いつかない。

「ただ先崎さんにどんなことを言うかはともかく、わたしは神原さんの反応で厭な気持ちになりました。正直、まだ引《ひ》き摺《ず》ってます」

「なるほど。これはとことん話し合う必要があるな」

公子は手帳を開くと、スケジュールを確認し始めた。

「今週の放課後で空《あ》いている日はあるか？」

「水曜日以外なら大丈夫ですけど……」

「神原は火曜が駄目と言っていたから、それなら木曜だな。三日後、お前には神原と戦ってもらう」

「戦ってもらうって……何言ってるんですか？」

「文字通りの意味だ。正しいと思っているなら言い負かしてみろ。私がジャッジしてやる」

これは予想外の展開になった。自分が間違っているとは思ってないが、だからと言って弁の立つあの真紀に口で勝つのは簡単なことではない。

「場所はまた追って連絡する。それまでに闘志と言葉を満タンにしておけ。神原は引っ込み思案のままで勝てる相手じゃないぞ」

公子はそう言ってニヤリと笑うと、千鶴をベンチに残して立ち去った。


三日後、千鶴は指定されたコーヒーショップに赴《おもむ》いた。何もこんな時に四谷文化センターの近所で集まらなくてもとは思ったが、一番遠くから来る真紀の希望とあれば、一蹴《いっしゅう》するわけにもいかない。それに一応、喧嘩中とはいえ友人である。

公子は例によって先に来て本を読んでいた。店内はほどほどに人が入っていてややうるさく、感情的な対話をするには丁度良さそうだった。

千鶴は緊張しながら真紀の到着を待つ。喧嘩なんていつ以来だろう。間違っても矢面《やおもて》に立つようなタイプではないので、人との争い方を学んでこなかったことを今は少し後悔した。そうか、このストレスが厭で自分の意見を強く言うことをやめてしまったのだ。自分を通す……なんと疲れることか。エリカのように生きるにはこれに慣れないといけないなんて。

千鶴が詮《せん》無いことでぐるぐる悩んでいると、公子が肩をちょんと突いてきた。

「な、なんですか？」

「なあ、暮志田。頼むのは冷たい飲み物か？」

「え？　はい、そうしようとは思ってますが……」

するとは公子満足そうな笑みを浮かべる。その唐突さに千鶴は戸惑った。

「そうか。それならいい」

結局、公子の笑顔の理由が解ったのは、やがて真紀が合流して全員分の飲み物が揃った後だった。

「さて、ラストストローにちなむわけではないが……二人ともストローを袋を破らずに渡してくれ」

千鶴は公子の意図《いと》が解らないまま、ストローを差し出した。遅れて真紀も怪訝そうな顔で差し出す。

「よし、ちょっと待て」

そう言って公子は赤ペンを取り出すと、ストローの包装紙の差し口の方にちょんと印を点ける。そして印を隠すように握ると、吸い口の方を二人に向けて突き出した。

「同時に引け。印のある方が先攻だ」

千鶴は思わず真紀と顔を見合わせてしまった。どちらかといえば堅物の公子が、こんなことするなんて……彼女も何か変わりつつあるのかもしれない。

「ウチ、こっちね」

本来の目的を思い出したのか、真紀は千鶴から視線を逸らすと、先にストローを選んだ。千鶴は仕方なく残った方のストローをつまむ。

「あ、わたしが先ですね。では早速……」

真紀は舌打ちしながら、包装紙を破ったストローをアイスコーヒーに沈めた。どうやら先攻を取りたかったらしい。千鶴は譲ってあげようという気持ちになりかけたが、敢《あ》えてこのまま始めることにした。

「まず最初に言っておきますけど、わたしと神原さんのゴールは同じだと思ってます」

「え、どこが？」

真紀は明らかに拍子抜けしている様子だった。喧嘩する気で来たのに、立て続けに二度も出鼻を挫《くじ》かれるようなことがあったせいだろう。闘志が戻るまで、今しばらくかかると見て良さそうだ。

真紀とは敵対関係ではなく、利害を共有していることを訴えて協調させる……エリカから学んだやり方だ。少なくとも対角線でしか繋がっていない人間に、情だけで訴えるのは得策ではなかろう。

「だって神原さんも、この関係を『先崎さんが突然抜ける』という形で変えたくはないでしょう？」

真紀は目を逸らすとコーヒーを吸う。それを消極的な肯定と受け取った千鶴は話を続ける。

「勿論、わたしたちだってずっと変わらずにはいられないし、いつかはこの関係にも終わりが来るでしょう。それが高校進学か大学進学か就職なのかは解りませんが……ただ、今回静観すればこれっきりということだってありえます。いつか終わる関係でも、わたしはまだこのままでいたいんです。それがいけませんか？」

千鶴がそう問いかけても、真紀はふて腐れた表情で口からストローを離さない。見かねた公子が真紀に声をかける。

「神原、どうだ？」

真紀は渋々という顔でストローを解放する。

「……そんなに長く続くとは思わないけど、まあ長く続くにこしたことはないよネ」

真紀の心が動いた！

千鶴は説得するなら今だと踏んで、用意した言葉を吐き出す。

「わたしが思うに、先崎さんは賢い人なのできっと一人で結論を出して、悩みを抱え込んでます。けどわたしは少しでも先崎さんを楽にしてあげたいんです」

これが本心だ。偽善と言われてもいい。けど大事な友人が辛い思いをしているのを、傍観していたくはない。

「そしてあわよくば、心が楽になった先崎さんがまたセンターに通ってくれたらなとも思ってますが……どうですか？」

公子は肯くと、真紀に水を向ける。

「今の言葉についてどう思う？」

「そりゃ、ウチだって同じこと思ってるヨ。でもだからこそ、桃の気持ちを尊重したいんだよネ」

「つまりそれは、暮志田は先崎の気持ちを踏みにじろうとしていると聞こえるが……どうなんだ？」

「その言い方、感じ悪いナー……まあ、千鶴の言う通り桃は賢いからネ。自分の状況を打ち明けたらウチらから、どんな声をかけられるか全部シミュレートできてる気がするんだ。その上で要《い》らないと判断されたら、ウチらとしてはもうどうしようもないっショ？」

「それは……」

千鶴は言葉に詰まった。確かに桃ならばその可能性は充分にあり得る。

「見事にカウンターが決まったな。どうする暮志田？」

確かに桃だって、腫《は》れ物《もの》に触るように接されるのは厭だろう。しかしこちらから一切触れないというのも、極端な選択だ。何よりそれで状況が好転するとも思えない。

「だったら……先崎さんの予想を上回る言葉をぶつければどうですか？」

千鶴の答えを聞いた真紀は笑い出したが、そのリアクションに千鶴は少なからず腹が立った。

「神原さん？」

「千鶴がそんな意外なこと言うと思ってなかったから。ウチらの中じゃ一番普通っぽいのに」

褒められたのかと思って相好《そうごう》を崩しかけた千鶴に、真紀がピシャリと追い打ちを放つ。

「まあ、呆れ半分だけどネ」

「わたし、変なことを言いましたか？」

「まず大前提としてウチらはただの中学生、桃の経済的な問題を解決する力はないんだヨ。ということは、結局できることは気休めを言うことしかないんだけど……気休めのパターンなんてそんなにないでショ？」

「そんなこと……」

またしても、真紀の言葉の正しさを認めざるを得なかった。

「確かに神原さんの言う通りかもしれません」

千鶴がそう言うと真紀は勝ち誇った表情でストローを咥《くわ》えた。

「ですが、それはきっと先崎さんが一人で考えて辿り着いた答えです。だったら、三人で考えるというのはどうでしょう？」

千鶴の言葉に二人は対照的な反応を見せた。

「はあ？」

「三人寄れば文殊《もんじゅ》の知恵というわけか。面白いな」

公子の賛意を得られて千鶴は手応えを感じた。しかし真紀は席を立った。

「ウチ、帰るネ。三人で考えるなんて馬鹿馬鹿しいし」

「神原さん」

「はっきり言っておくとこれ以上は無駄だから。絶対に桃に厭な思いさせるだけだし。考えるとか考えないの問題じゃないいんだヨ」

「……逃げるんですか？」

千鶴は今の言葉で、真紀が怒ったのがはっきり解った。

そして真紀は少し息を整えると、こう言い放った。

「……ウチはね、自分だけが思いやりの心を持ってるっていう千鶴みたいな言い方が心底厭なんだヨ」

真紀の言葉は、千鶴の心の深いところまで突き刺さった。何より偽善者と罵《のの》られたようで、哀しくなった。

「やらない後悔よりやる後悔って言うやつ？　そりゃ、やった方はすっきりするかもしれないけど、やられた方は下手《へた》すりゃ一生モヤモヤしながら生きていくんだヨ。そんなのただの自己満足だって」

「言い過ぎだぞ、神原」

「だって……これぐらい言わないと理解できないと思って。本当はウチだって桃に優しい言葉かけてあげたいんだヨ」

「だからこそ私がジャッジをしてるんだ。遺恨《いこん》を作らないようにな。謝れ」

「やだ」

そう言うや否《いな》や真紀はトレイを摑んで、さっとテーブルから離れた。そして吐き捨てるように告げる。

「千鶴のお陰で桃が復帰することになったら謝ってあげるヨ。まあ、まず無理だろうけどネ」

その時、千鶴は一人で桃を説得することを決意した。

元々エリカから言い渡された宿題が原因で起きた事件、ならば次のレッスンが始まるまでにケリをつけてしまうべきだ。

そう思って次の日曜、千鶴は四谷文化センターの前に桃を呼び出した。

「あ、チヅちゃん……」

きっとここに来るまで色々な葛藤《かっとう》があったのだろう。明らかに気まずそうな表情で、千鶴を見ている。

本来は、千鶴が桃の家まで出向いて説得するのが筋かもしれないが、流石にそれはやめた。ひとまず現実から引き剝がさないと、説得さえままならないと思ったからだ。

「あの……先崎さん」

千鶴は覚悟を決めた。今は誰にも遠慮せずに、ただ言うべきことを言うだけだ。

「あの、カタログを受け取ってないって本当ですか？」

「それは……そうなんだけど……」

桃は言葉を濁《にご》しながらも認めた。我ながら意地が悪いと思ったが、敢えて言い訳のできない状態に追い込まないと、逃げられてしまいそうな気がしたのだ。

「先崎さんにもうその気がなかったら申し訳ないんですが……またここに通いませんか？」

持って回ったような言い回しはやめて、ストレートに思いを伝えることにした。

「もっともこれは先崎さんがいなかったらわたしが寂しいという、単にわたしの都合なんですが……」

桃にとって、自分がどれだけ価値のある人間なのか千鶴にはよく解らないし、思い上がるつもりもない。しかしもし自分にそれなりの価値があるとしたら、この告白はメリットの提示になる筈だ。それがどうにか思いついたアイデアだった。

「ええと、だからわたしのために通って欲しいと言ってるわけですね」

「チヅちゃん……」

千鶴は自分の顔が火照《ほて》っていくのが解った。今のは嘘偽りない言葉ではあるが、これはやり過ぎた。公子がいたら添削されていただろう。せめてもっとスマートに言い直せた筈だ。

「あのね、気持ちは嬉しいよ。とっても嬉しい。嘘じゃないよ」

しかし桃の口ぶりから、千鶴は何かしらの抵抗のようなものを感じた。

「先崎さん？」

「けどね、チヅちゃんは知らないだろうけど、うちは大変なんだよ。本当はあたしのためにお金を使う余裕なんてないんだ」

ついに本人の口から言わせてしまった。こうなることは最初から覚悟はしていたが、それでも千鶴は少しだけ後悔した。

「はい。それは先週の訪問で何となく察していました」

「そう……だったらどうしてわざわざ呼び出したの？」

桃の声の温度がスッと下がる。桃を怒らせることになるのは覚悟している。

先崎家の先行きが厳しいという現実はどうしようもない。ただ、桃の復帰を心待ちにしている人間がいるのも事実だ。千鶴だけではない。真紀や公子も桃には戻って来て欲しいと考えている筈だ。

だからここは敢えて押す。

「だけどお母様とお話しした感じでは、先崎さんにはまたここに通って欲しそうでした。だから……もし我慢しているのであれば、相談してみたらどうでしょうか。きっと反対はしないと……」

「……んないよ」

「え?」

不明瞭な桃の声に話を遮《さえぎ》られて、千鶴は思わず訊き返す。すると桃は、いきなり数倍のボリュームで叫んだ。

「チヅちゃんには解んないんだよ!」

道行く人がぎょっとした顔で、こちらを見る。しかし、千鶴はそれどころではなかった。何故なら桃は、これまでに見せたことのない怖い表情を千鶴に向けていたからだ。

桃は金切り声で叫び続ける。

「そりゃ、我慢してるよ。けどうちはみんなのところみたいにお金持ちじゃないし、お父さんがクビになったらもう駄目なんだよ。それに家だってボロボロだし、おばあちゃんだってもう……なんであたしがお金のこと心配しなきゃいけないの!」

何か言わないといけないのに、なんと言うべきなのか千鶴には解らなかった。勿論、桃をなだめる言葉は湧いてくる。だがそれが今の桃に何の意味もないことも解っていた。桃をここまで感情的にさせてしまった時点でもう手遅れだ。

「先崎さん、わたし、そういうつもりじゃ……」

桃に睨まれて、それ以上何も言えなくなってしまった。

桃は気丈な少女だと思っていた。いや、それ自体は正しいが、桃は千鶴の想像以上に追い詰められていたのだ。それなのに千鶴は、限界まで膨れ上がった風船を針で突くような真似をしてしまった。

千鶴は心底後悔した。自分勝手な行動のせいで、四人の関係に終止符を打ってしまったのだから。

自分の意見を通そうとさえ思わなければ、こんなことには……。

「ワーオ」

突然、後方から一度聞いたら忘れられない声が飛んで来た。

「ユーは随分大きな声出せるのね。ソー、ラウド！」

千鶴が振り返ると、例のコーヒーショップでテイクアウトしたと思《おぼ》しきコーヒーを持ったエリカが、こちらを見ていた。

「エリカ先生？」

しかしエリカは、千鶴の呼びかけを無視して桃に話しかけた。

「状況はだいたい解ったわ」

桃は突然乱入してきたストレンジャーを前に、硬直しているようだった。

「ユーはあんまり裕福じゃないのね。それでここに通いたいけど通えない。合ってる？」

「……そうです」

桃はそう言って俯《うつむ》いてしまった。なんてヒドいことを言うのだ。千鶴は流石にエリカに抗議しようとしたが、エリカが手に持ったコーヒーを「これ、キープしてて」と渡してきたので、つい受け取ってしまう。

「私ね、子供の頃父親が事業に失敗して、莫大な借金を背負ってね」

エリカはそう言いながら、桃の前にしゃがみ、顔を覗き込む。その姿はぐずった子供をなだめる母親のようで、千鶴はもう何も言えなくなってしまった。

「そのせいで両親は離婚して、私は母親に引き取られて……母親の実家のあるイギリスに行くことになったの」

エリカの華々しいキャリアの裏にそんな事情があったとは。いや、そんな事情があったからこそなのかもしれない。

「……大変でしたか？」

「そりゃあね。日本には貧すれば鈍《どん》するって言葉があるけど、まさにそんな感じ。余裕がないと選択肢が限られて、更に余裕が失われる。本当に悪循環。思い出すのも厭になっちゃう」

「今はそこまでひどくないですが……あたしの家もいつそうなるか解らないんです」

桃の表情はまだ硬い。

「けどだからこそ、できることを必死にやったの。英語の本を必死に読んで言葉を覚えて、手紙を書けるようになったらあちこちに出して……それで、お金がなくても入れて貰える学校を見つけたの。けど状況は相変わらずギリギリで、私は勉強に打ち込むしかなかった。まあ、お陰で奨学金が貰えたけどね」

エリカが冗談めかして笑うと、桃もつられて笑った。

「そういう意味ではユーは恵まれてる。まだユーのダディは仕事があるし、莫大な借金があるわけでもない。不幸が来る前から不幸だと思い込まなくたっていいの。そういうの、日本語でキューって言うんだっけ?」

それを言うなら杞憂《きゆう》だが、そんなことはどうでもいい。今は、桃の表情が明るくなっていることの方が遙かに重要だ。

「それにね、親が子供に投資するのは親自身のためでもあるの。将来、成功した子供が自分の面倒を見てくれるようにって。だから子供のユーが負い目を感じる必要はナッシン、ギブアンドテイクと割り切ればいいの」

エリカは黙って話を聞いている桃を、満足そうに眺めている。

「でも忘れないで。私がこんなことをユーに言えるのは究極、他人事《ひとごと》だから。ユーの家がどの程度のリスクを抱えているのかも知らないし……もしかしたらユーの家は、明日にでも経済的に破綻《はたん》するかもしれない。一寸先はダークネスなの」

エリカは突然、桃を突き放すようなことを言った。

「だけどそれを承知でここに通う気があるのなら、ちゃんと自分の意志を伝えなさい。一人で勝手に諦めてても誰も助けてくれないんだから」

桃はその言葉に力強く肯いた。

「はい。そうします」

「オーケイ。じゃあ、またここで会いましょ」

立ち上がったエリカは、千鶴の手からコーヒーを音もなく奪うと、「レッスンに遅れないようにね」と言い残して、颯爽と四谷文化センターのエントランスに消えて行った。

残された二人はしばらく見つめ合っていたが、やがて桃が決まりが悪そうに口を開いた。

「あのさ……絶対にこうなるから会うのが厭だったんだ。ごめんね、チヅちゃん」

「いいえ、わたしこそ差し出がましいことを……」

どう考えても悪いのは自分だ。こうなることは予想できて然《しか》るべきだった。

しかし桃は首を横に振る。

「ううん。悪いのは、勝手に一人で悩んで爆発したあたしだから」

そう言うと桃は踵《きびす》を返す。

「あの、先崎さん……」

「ゆっくり謝りたいけど、また今度ね。早速帰ってお母さんに相談したいから」

ああ、これでもう大丈夫だ。

「……はい、待ってます」

元気よく駆け出した桃を、千鶴は手を振って見送った。

おそらく桃は再び四谷文化センターに通うことになるだろう。かくして一件落着……それなのに、千鶴はどうしようもないほどの無力感を味わっていた。


数時間後、千鶴はエリカの講座が終わった後もなんとなく帰れず、ロビーの椅子に座って先ほどの言葉を反芻していた。

エリカが桃に言ったのは、子供が家計のことを気にしても仕方がない、教育に関する出費なら親に遠慮せず相談すればいい……それだけの話だ。特別突飛《とっぴ》なことを言ったわけではない。

問題は、その内容が千鶴が口にした言葉とほぼ同じだったことだ。

ひどい思い違いをしていたことに気がついた。「何を言うか」以前に、「誰が言うか」だったのだ。それはつまり、どんな素晴らしい言葉でも自分の口から発せられる時点で、その力を失う可能性があることを意味している。

要は、今の千鶴には桃に声をかける資格がなかった。そう言ってしまえばそれまでだが、この話はこれで終わらない。

その資格とやらを得るために、一体どれだけの蓄積が必要になるのか……考えただけで千鶴は暗い気持ちになる。最低でも、エリカのようなキャリアを要求されるのならもうお手上げだ。あと十数年、何をどうしたらあそこまで辿り着けるだろうか。

暗澹《あんたん》とした思いを抱きながら天井の一角を見つめていると、誰かが千鶴の隣に腰を下ろす気配がした。

「何、間抜けな顔してんノ？」

真紀だった。

「……今日も抽選ですか？」

「まあネ」

そう言って真紀はスマートフォンを取り出して画面を見せる。桃からのメールだ。

「……桃もそろそろ受ける講座決めるってサ」

そう言うと真紀はじっと千鶴の顔を見つめた後、素っ気なくこう告げた。

「ごめんネ」

「え？」

「はい、今ので終わり。誤解して欲しくないんだけど、ウチだってずっとギクシャクするの厭なんヨ。だから桃が戻ってくる前に元通りにしておきたくて。ウチが間違ってたとは思わないけど、何も言わなかったら桃が決心を変えなかったのは事実だろうしネ」

真紀に認められて一瞬誇らしい気持ちになったが、すぐにそれが間違いだということに気がついた。

「いいえ、こちらこそごめんなさい。わたしの方が間違ってました。実際、神原さんの方が正しかったんです」

「はあ？」

千鶴は一部始終を、エリカに助けられたことも含めて真紀に語った。真紀は話を聞く内にどんどん複雑な表情になっていった。

「あー、例の先生がネ。まあ、そんな人に言われたら桃も素直に考え直すか。だったら一応結果オーライかナ。運も実力の内ってことで」

千鶴はホッとした。結果論は嫌いだが、真紀に先ほどの軽率な行動を咎《とが》めるつもりはないようだ。

というより、むしろ千鶴の説得が失敗すると最初から見通していたフシがある。

「あの、神原さんはわたしの失敗が解っていたんですか？」

真紀はあまり嬉しくなさそうに肯く。

「わたし、全然解ってませんでした」

「別に大した発見とかじゃないヨ。日頃何の責任も果たしてない人間が、突然エラそうなこと言っても馬鹿にされるっショ？　それと同じ」

そう言われて千鶴の頭を母親の顔がよぎった。姫子の正論が薄ら寒い理由が、ようやく解った気がする。要するに姫子には資格がなかったわけだ。

「そういう意味では、親の経済力に守られてるだけのウチらには、そもそも桃に何かを言う資格はない……そう思っただけだヨ。だから三人で桃になんて言おうか、話し合うのすら無駄だなって。だから帰った」

なんということだ。

「それなら、最初からそう言ってくれたら良かったんですよ」

「そりゃ、ウチの考えは間違ってなかったとは今でも思ってるヨ？　けど生憎、それを口にする資格がないとも思ってたからネ」

「そんなことありませんよ」

千鶴がそう言っても、真紀は首を横に強く振って否定した。

「あのさ、ウチってあれもこれも全力でやるにはキャパが全然足りないんだよネ。だから人より要領良く、上手《うま》く世を渡って行こうって思ってたんだけど……最近、どうも違うんじゃないかって気がしてきてネ」

「違う、というのは？」

「だってこの生き方、苦労の割に尊敬されないんだヨ。ウチも学校じゃ、裏で色々言われてるみたいだし。まあ、世の中上手くやれない人の方が多いから当たり前だけどサ」

千鶴は自分の心を見透《みす》かされたような思いだった。千鶴は桃や公子のことは、自分にない物を持っている人間としてストレートに尊敬している。一方で真紀のことは、良く言えば世間知に長《た》けた、悪く言えば小狡《こずる》い少女だと思って安心している面があったからだ。

「まあ、尊敬されることは別にゴールじゃないけどサ、他人から尊敬されてない人間が急にまともなこと言っても、聞いて貰えないってようやく気がついたんだ。それって結構、辛くない？」

「かなり……」

「でショ？　だからレベル上げないといけないなって思って。こうしてここでみんなとツルんでるのも、よく解んない教養ってやつを身につけようとしてるのも、全部ウチなりのレベル上げだヨ」

その告白は千鶴にとって衝撃的だった。

真紀は目先の損得だけで動く……そう思っていたのに、今の彼女は遙か先を見据えていた。ただなんとなく変わりたいと思っていた自分とは大違いだ。

「……自分を通すのも大変なんですね。せめて正しいことを言うなら許されると思ったんですけど、むしろ大変でした。わたしのレベルが足りないんでしょうか」

誰にだって正しいことを言う自由はある。しかしそれを誰かに聞かせようと思ったら、相応の資格が必要になるらしい。

資格がないなら、正しいことも呑み込まなければいけないのか。それとも、届かないことを承知で吐き出すべきか……どちらも辛い選択なのは明らかだった。

「……わたしのレベル、全然上がる気がしませんね」

そして千鶴は、真紀に嫉妬《しっと》している自分に気がついた。理想として設定したエリカに、真紀の方が近づいていることは認めざるをえない。

しかし真紀の口からこぼれたのは、思いがけない同意の言葉だった。

「ウチも同感だヨ。あれもこれもやっておけって自分に強制する癖に、経験値が解らないんだもん……人生って出来の悪いゲームみたい」

人生が出来の悪いゲームとは言い得て妙だ。でなければ、桃のような素敵な少女が家庭のことで胸を痛める筈がない。

「まあ、でもそんなに悲観的にならなくてもいいとは思うんだよネ。例えばミカみたいに資格の固まりみたいな人間でも、正論ばっかり言ってたら人が寄りつかなくなるヨ。まあ、ミカは一人でも平気だからいいんだろうけどサ」

「確かに出会った頃の三方さんには、そういうところがありましたね」

「だからウチは、肝心な時に大事な誰かに言葉がちゃんと届く程度のレベルが、あったらいいかなって。レベル上げで時間を持って行かれる人生なんてつまらないしネ」

ああ、やっぱり真紀は真紀だ。とても現実的で……なのにこんなにロマンチックじゃないか。千鶴には真紀の目標がひどく眩《まぶ》しかった。

「あの、神原さん」

「何?」

これから千鶴に親しい人間が増えるにつれ、彼ら彼女らと関係のある人間との繋がりも増え続けるだろう。そんな対角線のような関係の全てを、ケアする必要はないかもしれないけど……きっとそこから生まれる大事な縁もある気がする。だからここで、濃くはっきりとした線で対角線を引き直しておきたい。

「これから先、もし大人になっても友達で……将来、わたしが間違ったことを言ったら、その時はちゃんと指摘して下さい。わたし、きっと反省しますから」

「やっぱり千鶴は面白いこと言うネー。ウチらもいつまで一緒か解んないのに？」

例によって意地の悪い笑顔だったが、今度は不思議と厭な感じはしなかった。

「はい。いけませんか？」

「別にいいヨ。いい歳になってから千鶴の間違いを指摘してやるのも楽しそうだし」

そう言うと真紀は立ち上がって大きく伸びをする。手には、抽選申し込みの新しい用紙が握られていた。

「さーて、またレベル上げに励みますかネ。千鶴より上のレベルじゃないと、正論も吐けないし」

真紀の上から目線の言葉に、千鶴はつい苦笑いしてしまった。線を引き直したところで、所詮は対角線の絆、お互いすぐに好きになれるわけではないようだ。

しかしだからといって、嫌い合っているわけでもない。

「そうですね。でもわたしも負けませんよ」

「ん？」

別に大好きではないが決して嫌いでもない……そうやって続く関係があってもいいではないか。それに自立した大人同士の付き合いというのは、案外こういうものかもしれない。

だから千鶴は、精一杯の意地悪な笑顔で真紀にこう言った。

「だって神原さんが間違った時は、わたしの出番ですから」

愛しき仲にも
礼儀あり？

またあの視線を感じる気がする……気のせいだったらいいんだけど。

「え、まだ抽選待ちなの？」

先崎桃《せんざきもも》が自分にまとわりつく妙な視線のことを、意識の外に押し出しながらそう訊《たず》ねると、神原真紀《かんばらまき》は気恥ずかしそうに頭を掻いた。

「いやー、まさかこんなに決まらないとは思ってなかったヨ」

十一月も半《なか》ばを過ぎようとしているのに、真紀は選り好みしているのもあって未だに講座が決まっていなかった。

「倍率の高い講座ばかり申し込んでるのが悪いんじゃないか？」

冷たくそう言い放ったのは三方公子《みかたきみこ》だ。目当てだった小説講座も無事始まり、日々執筆に勤《いそ》しんでいるらしい。

「だから毎週こうやって申し込んでるんだヨ」

「大事なのは何を受けるかじゃなくて、何を学ぶかだろう」

「いいよネー、未来の小説家様は迷うことがなくてサ」

不穏な気配を察して、桃は二人の間に割り込む。

「まあまあ二人とも。ほら、あたしだって今の講座に通い始めてまだ一ヶ月経ってないしさ」

ちなみに桃が選択したのは、ジュニア向けのマナー講座である。

「そういえばマナー講座はどうですか？」

暮志田《くれしだ》千鶴《ちづる》にそう訊ねられて、桃の口は一気に重くなった。

「それは……後でご飯食べながら話すよ」

真紀が毎週申し込みのためにセンターにやって来ているのもあって、日曜の昼はなんとなく四人で集まるようになった。勿論《もちろん》、各自の都合もあって全員が揃う日曜ばかりではないが、疎遠になってしまうのを避けようという気持ちは一致しているようで、今のところは中止もなく続いている。

「そういえば今日はお昼代貰《もら》ってるんだ。あたしちょっとリッチだし、どうせなら美味《おい》しいもの食べたいな」

「ん？　それならちょっと待って」

真紀がスマートフォンで何やら調べ始めた。この文明の申し子は、愛用のスマートフォンを第二の脳のように扱い、決して手放さない。

「信頼できる情報によると、駅前の台初軒《だいはつけん》のワンコイン弁当が値段の割に美味しいらしいヨ。中華ハンバーグ弁当と麻婆豆腐《マーボーどうふ》弁当」

桃は少し驚く。台初軒の料理が美味しいのは、地元民なら誰でも知っていることだが、昼に弁当を売るようになったのは初耳だった。何にせよハズレを引くことはないだろう。

「あ、じゃああたしもそれにする！」

「美味しそうですね。わたしもそうしましょうか」

そういう流れで桃たちはセンターを後にして、近くの台初軒に移動した。

「日曜でもお弁当を置いてあるのが嬉しいよネ。はいウチ、ハンバーグ弁当！」

弁当は店先で売られていた。空《あ》いているスペースからは結構な人気がうかがえ、麻婆豆腐弁当はもう既に完売していた。それでも中華ハンバーグ弁当が五つも残っていたのは、不幸中の幸いと言えるだろう。

「そんな勢いよく宣言しなくても大丈夫ですよ。あ、わたしもハンバーグ弁当で」

何故《なぜ》か争うように会計をする二人を公子は黙って眺めていたが、やがてポツリとこう告げた。

「私は遠慮しておこう」

それを聞いて、桃はさりげなく周囲を見回したが、特に遠慮するような相手は見当たらない。

「あれ、いらないの？」

「実は手が痛くてな。箸《はし》を持つ気分にならないんだ。麻婆豆腐弁当ならレンゲで食べられると思ったんだが……まあ、私はコンビニでサンドイッチでも買うさ」

「そっか。それじゃ仕方ないね……」

そう言いながら、桃は中華ハンバーグ弁当に手を伸ばしかけた。しかしすぐにあることを思い出して手を引っ込める。

「あ……あたしもやっぱりサンドイッチにする」

桃がそう言うと、会計を済ませて弁当を受け取った千鶴と真紀が顔を見合わせる。

「食欲ないノ？」

「いや、そういうわけじゃなくて……ほら、あたしにしてみたら地元のお店よりもコンビニの方が珍しい、みたいな？」

そんな桃の説明に、千鶴と真紀は解《わか》ったような解らないような、曖昧《あいまい》な顔で肯《うなず》いてくれた。ただ公子だけはまるで背中まで見通すような視線を桃に向けていた。しかし驚いた桃が公子を見つめると、公子は視線を逸らしてしまった。

もしかして……ずっと感じていた視線ってミカちゃんのなの？

途中のコンビニでサンドイッチを調達し、四人は外濠《そとぼり》公園に到着した。

日曜のランチタイムは弁当を持参しているかどうかにかかわらず、外濠公園で過ごすのが常だった。今となっては誰の発案だったのか解らないが、おそらく桃の懐《ふところ》事情を気遣ってのことなのだろう。実際、そのさりげない気遣いに桃は感謝していた。

少し肌寒い気候のせいか、特に場所取りに苦労することはなかった。しかし、温かいお茶や防寒具の備え無しに外で食べるのは、そろそろ限界だろう。

「美味しいですね。近くにこんな美味しいお店があるなんて知りませんでした」

「せいぜいウチの情報に感謝するんだネ」

「では、今度家族であのお店に行く時は、神原さんに感謝しながら食べますね」

そんな千鶴の答えに、真紀は鼻白《はなじろ》んだような顔になりながらハンバーグを齧《かじ》る。前はいささか距離があった千鶴と真紀も最近は少し仲良くなったのか、二人の会話も社交辞令の枠を越え始めた気がする。何にせよ、友達同士が仲良くしているのはいいことだ。

「ところでミカはなんで手が痛いんだヨ？　勉強のしすぎ？」

「ペンを握りすぎたという点では間違いないが、生憎《あいにく》今回は小説だ。思うところがあって手書きに挑戦してみた」

これは予想外の答えだ。

「なんでまた、そんなクラシカルなスタイルで書いてるんですか？」

「小説を原稿用紙に書くとな、パソコンと違って文章を気軽に消したり足したりできないから真剣に考えるようになる。それに行き当たりばったりで書くとすぐに行き詰まるから、ある程度構成やテーマを決めておかないとダメだということも実感した。きっと昔はやり直しの利かない緊張感の中でしか生まれなかった作品というのもあったんだろうな」

桃は公子のストイックな姿勢に素直に感心した。

「もしかしてミカちゃん、これからも手書きでやっていくの？」

「いや、これからはやっぱりパソコンで書く。良い経験にはなったが、手直しや清書の手間を考えると効率が悪い。ただでさえ登場人物に血が通わなくて困っているんだ。リテイク前提で作業環境を設定した方がいい」

どうやら公子の執筆活動は順調らしい。そのことに桃は少し焦《あせ》りを覚える。好きなことに打ち込んで許される公子の家庭環境もさることながら、今ひとつ何をしていいのかよく解らない自分に対しても割り切れない気持ちがあった。そして自分の意志でマナー講座に通うことを決めたというのに、今ではその決断にも疑問を抱いている。

あたし、本当にこれでいいのかな……。

「あ、思い出しました。マナー講座の話を教えて下さいよ」

自分の世界に沈みかけていた桃を、千鶴が引き戻す。

「あー、それなんだけどさ……」

千鶴に乞われて桃は仕方なく、この間のマナー講座で起きたある事件について語ることにした。

＊

「武道に間合いというものがあるように、人間関係にも間合いがあります」

講師の糸数慶子《いとかずけいこ》はそう言い切った。

「仕事でお付き合いする方々とお話をすることは、その後の関係を円滑にする上でも大変有意義ですが、だからといって、いきなり踏み込んではいけない領域というものがあります。具体的に言えば政治と宗教の話題ですね」

桃が周囲を見回すと、みな解ったような顔で話を聞いている。

慶子は六十代半ばぐらいの女性で、キャビンアテンダントがまだスチュワーデスと呼ばれていた時代に大手航空会社に何年か勤め、辞めた後はその経験を活かしてマナー講師に転身したという。今は企業の研修で教えたり講演会も行っているそうだ。

慶子の着ている白いスーツにはシワもシミもなく、桃はそれが何だかとても恐ろしかった。

「ですからデリケートな話題を避けながら話を進めていくことが重要になってきます」

どうしよう。このままではよく解らないまま話がどんどん先に進んでいきそうな気がする。話の腰を折るのは申し訳ないが講座にお金を払っている以上、桃には疑問点を口にする権利がある。そしてそのお金は両親から出ているのだ。一時の躊躇《ためら》いで無駄にしたくはない。

桃は意を決して手を挙げる。

「先崎さん、何か?」

「あの、どうして政治や宗教の話をしてはいけないんですか?」

桃の質問に、一拍の間を置いて慶子は肯く。

「失礼しました。基本的な内容すぎて説明を省略してしまうところでした。そうですね……例えばある人がどんな政党を応援しているか、どんな教えを信じているかというのは大抵の場合は個人的な体験と密接に結びついています。色々あった末に自分の意志で選んだとか、はたまた大切な人がそうだったから自分も合わせたとか」

そういえば桃の家には仏壇があるし、法事の時にはお坊さんが来る。しかし桃はそれがナントカ宗としか知らない。自分で選んだ宗教ではないし、特に信じているわけでもないけれど、もし大人になっても家に残っていたら同じようにするだろう。

「故《ゆえ》にそこに正解不正解はなく、決して比べっこするようなものではありません。誰かが自分の信じているものが正しい、あなたの信じているものは間違っていると言ったら、事実はどうあれ言われた方は傷つきます。解りますか？」

「はい」

桃自身はそのナントカ宗に深い思い入れはないが、もし誰かから「その宗教は間違っている」という言葉を投げかけられたら、毎日仏壇の前で手を合わせている祖母の悪口を言われたように胸が痛むだろう。

「ですから私の前で野球の話をするのも遠慮して下さいね。今年は贔屓《ひいき》の球団がプレーオフで敗退したので」

慶子がそう言うと教室は笑い声で満たされた。基本的にはお硬い雰囲気なのだが、たまに冗談を口にする。お陰でともすれば息苦しくなりがちな教室の雰囲気が、適度に柔らかくなる。この道四十年のベテランだけあって、ただ硬いだけでは人気は続かないことを承知しているのかもしれない。

「ついでに野球で喩《たと》え話を続けましょうか。ペナントレースによって毎年強い球団と弱い球団が決まりますが、だからといって強い球団が正しいわけでも弱い球団が間違っているわけでもないのです。当然ながら、強い球団のファンだから弱い球団のファンより偉いわけでもありません。その点をはき違えると大変なことになります。現実世界の序列と心の中の序列は、一致しないのですから」

そう言われてみると解りやすい。同級生の男子たちは誰それが一番強いという話題でいつも喧嘩《けんか》している。

「極端なことを言えば、誰だって自分の信じているものこそが一番でしょう。しかしそれは他の人もそう考えているわけですから、自覚的に振る舞わないと必ず軋轢《あつれき》が生じます」

そのためにある種のマナーが必要というわけだ。

「一方で誰が何を大切にしているかということは、簡単には解らないのが普通です。ましてや、知り合って間もない関係なら尚更です。解らないから探りを入れるというのは自然な心の動きかもしれませんが、それで相手を怒らせてしまうようでは本末転倒ですね。だからこそ敢《あ》えて心の中までは踏み込まず、尊重することが重要になってくるわけです」

チャイムが鳴った。

「おや、時間が来ましたね。それではまた来週」

生徒たちは一斉に立ち上がると「ありがとうございました」という言葉と共に、慶子に頭を下げる。これがマナー講座の締めくくりの儀式だった。

「桃ちゃん、ありがとうね」

隣に座っていた西川万里子《にしかわまりこ》が声をかけてきた。万里子はメガネに三つ編みの、いかにも真面目《まじめ》そうな雰囲気のお姉さんだ。

「西川さん、あたし何かしましたか？」

　このマナー講座は慶子がマナーについて話す以外にも、受講者同士でロールプレイをしてマナーを学ぶパートがある。ロールプレイには一抹《いちまつ》の気恥ずかしさがあるが、それを共有することで他の受講者とも自然と仲良くなれた。彼女もその一人だ。確か高校一年生で、千鶴と同じ倉瓜《くらうり》学園に通っているらしい。そう思って見るとどこか千鶴のような奥ゆかしさがある。

「ほら、政治と宗教の話。私、解らないのに『解ってます』って顔で聞いてたから、桃ちゃんの質問があって助かったんだ」

　そう言われると、勇気を出して質問して良かったという気になる。

「マリ、急がないと先生帰っちゃうよ？」

　別の少女が、万里子の反対側の肩を叩いてそう言った。

「あ、そうだったね。ごめんなさい、ユキ」

　彼女は荒巻雪《あらまきゆき》。茶髪に派手なメイクと、色々な意味で場違いな雰囲気の少女だ。万里子とは学校こそ違うが、どうやらこの講座に通い出す前からの仲らしい。らしい、というのは桃は雪とは殆《ほとん》ど話していないからだ。残念ながら彼女は桃と親交を深めるつもりはないようだ。

「ほら、早く！」

　万里子と会話していた桃を邪険にするように急《せ》かす。ドライな現代っ子という点では真紀と近いような気がするが、雪の方がずっととげとげしい。実際、万里子以外とはあまり話している姿を見かけない。

「私たち先生にちょっと質問があるんだ。じゃあ、また来週ね」

「はい」

桃は万里子にそう返事をして帰り支度《じたく》を始める。今夜はハンバーグカレーが待っている。急いで帰れば十九時には食卓に着けるだろう。

そんな楽しい予感を怒鳴り声が粉砕した。

「ふざけないで下さい！」

すぐには解らなかったが、声の主《ぬし》は慶子だ。驚いた桃がそちらを見ると、ちょうど彼女が二人を睨《にら》みながら激昂《げっこう》しているところだった。

「あなた方にはこの講座を受ける資格がありません。もう来なくて結構です！」

＊

「……ってことがあってね。あたしもいつ同じように怒られるか不安で、講座に通うのがちょっとユーウツなんだ」

そう言って桃は残っていた最後の一切れを食べる。そして頼りないサンドイッチを呑み下してから、やはり中華ハンバーグ弁当を買うべきだったかもしれないとちょっと後悔した。サンドイッチ二つが五百円弱だったから、値段もそう変わらないのだ。

「人にマナーを教えるような方が、マナーを破ってまで怒るってよほどのことですよ。何か事情があったんでしょうか」

「確かに。で、その先生がなんで怒ったのかって種明かしはないのかナ？」

「それが西川さんたちが何て言ったのかよく聞いてなくて。話の流れ的にはマナーについて質問したのは間違いないと思うんだけど……」

あまり話したくなかったのはそれも理由だ。オチがない話なんて聞かされる方も迷惑だろうと、桃なりに思ったのだ。

「それじゃあ、ユーウツになって当たり前だヨ。ウチだって、先生の地雷がどこに埋まってるのか解らないまま講座受けたくないしネ。っていうか、マナーなんて邪魔臭くない？　命を大切にしたいからって、蟻《あり》を踏まないように地面に注意払って生きる、みたいなワザとらしさがあるっていうか……」

「そうですか？　マナーを守ってる限りは、相手に失礼なことをしないという安心感がありますよ」

しかし真紀は、意地悪な笑顔を浮かべる。

「そうそう、マナーって千鶴みたいな感じだヨ。失礼でないからって、反感を買わない保証はないのにネ」

「そうですか？　神原さんみたいに、無駄に敵を作っていいことなんてないでしょう」

「ウチは好きでもない人間にまで、好かれたくないだけだヨ」

やはり距離が縮まったように見えるのは錯覚ではない。互いに厭味《いやみ》を投げ合えるぐらいには仲が良くなったのだろう。

「二人ともやめろ。よく解らない勧誘に乗っかって決めたのならともかく、先崎が熟考を重ねて出した結論なら尊重するべきだ」

「別に異論はないヨ。ウチには要《い》らないってだけで」

「わたしもマナー講座に反対してるわけじゃありません」

桃はふと、公子と自分の間にはまだ距離があることに気がついた。

ミカちゃんは良いところのお嬢様で作家志望。でもあたしは庶民だし将来も見えない……本来交わるような相手じゃない。いつまで友達でいてくれるんだろう。というか、そもそもミカちゃんはあたしのことを友達だって思ってくれてるのかな……というか、なんであたしをあんな目で見ていたんだろう。

そんなことを思っていると、当の公子が桃に話しかけてきた。

「だったら先崎が気分良く講座に通えるように、真相を私たちで調べるというのはどうかな?」

突然の申し出に桃は驚いた。

「え、悪いよ。そんな、あたしのために……」

「でも面白そうだよネ。ちょっと真相も気になるし」

「わたしも気になりますよ。野次馬根性からではなく、先崎さんのために真相を解明したいなって」

三人の気持ちは嬉しい。しかし万里子も雪も出禁《できん》になった今、どうやって調べるというのだろうか。

「あの二人をアテにできないってことは先生に直接当たるってこと?」

慶子を刺激するのはあまり得策とは思えないし、それで桃まで出禁にされてしまっては本末転倒だ。

「それはあくまで最後の手段だ。かといって別に探偵を雇って調べさせたりするわけでもない。ただ先崎はその二人と一緒に講座を受けてきたからヒントとなるようなことを見聞きしている可能性があると思ってな。そういう情報を私たちに共有させて欲しいだけだ」

それなら協力できそうだが、講義のことを何でもかんでも憶《おぼ》えているとは言えない。

「けど、講座の記憶もところどころ曖昧になってきてるし……」

「全部教えてくれと言ってるわけじゃない。重要そうなところだけでいい」

「それって例えば?」

「そうだな……講座内であの二人が糸数先生とした会話とかどうだ?」

公子の質問で、みなに話しておくべき記憶が甦《よみがえ》った。

「あ、それならよく憶えてるよ。前回の話なんだけど……」

*

マナー講座では開始直後の五分から十分で、慶子が前回の振り返りや世間話をするのが習わしだった。

「前回の講座の後に回収したアンケートに、面白い質問がありました」

慶子は一枚のプリントをつまむと、それを読み上げた。

「『相手を思いやる気持ちさえあれば、マナーを知らなくても大丈夫ではありませんか?』という内容ですが……」

慶子は教室内をしばらく見回していたが、やがてある一点に視線を定める。

「荒巻さんはどう思われますか?」

指名された雪は、なんだかふて腐れたような顔だった。

「……アタシも同じようなこと思ってます。そっちの方が相手に心が伝わるというか……マナーなんて人それぞれだと思いますし」

その口ぶりから桃は雪が本人の意志に反してこの講座に通わされているのではないかと察した。実際、ロールプレイの時間で一番やる気がないのは彼女だと思う。

しかしそれはそれとして、桃は今の雪の言葉には一理あると思っていた。相手を思いやる心があればマナーの欠如は補える、と。

「残念ながら間違いです」

だが慶子は雪の答えを桃もろとも打ち砕く。

「なんでですか?」

「確かにマナーを構成している要素の一つに思いやりがありますが、決してそれだけがマナーではありません。むしろ浅い見識に由来した思いやりがかえって失礼になる場合もあります。だからこそ社会上広く認められたマナーが必要になるのです」

しかし雪はその回答に納得が行かなかったようで、すぐに反論する。

「ですけど……相手もマナーを知らない場合だってあるじゃないですか。それならマナーなんて意味ないですよね？」

「仮に先方がマナーの存在を知らなくても、一般的に認められた所作で応じる限りは不作法には当たりません。そしてこちらが不作法をしていないということは強みになります。特に大人の社会では」

雪が言葉に詰まったのが解った。そりゃ確かに大人の社会の話を持ち出されては、未成年ばかりのこの場では誰も反論できない。だがそんな慶子のやり方を、桃はちょっと大人げないと感じた。

「相手がどなたであってもこちらが相応《ふさわ》しいマナーで応じる限り、失点はありません。荒巻さん、解りましたか？」

「……はい」

ただの相づち以上の何物でもない「はい」だった。

今日のロールプレイの時間は、不機嫌な荒巻さんと組みたくはないな……。

「あの……ちょっとよろしいでしょうか？」

万里子が意を決した表情で手を挙げる。

「どうしましたか、西川さん？」

「これは私の考えなんですが……単にマナーに従って画一的な対応をするより、相手を観察しながら一人一人に相応しい接し方を探す方が、良いのではないでしょうか？」

「そうですね。西川さんの意見は一つの理想です。人間は一人一人違いますから、人の数だけ正解があるのは認めましょう」

「きっと荒巻さんもそういうことが言いたかったんだと思います」

と、万里子はさりげなく雪をフォローする。

「ですが理想と現実は違います」

しかし慶子はまたしても、生徒の答えを打ち砕いた。

「現実には相手をよく観察してから応対する時間はありませんし、個々人を深く識別する能力だって限界があります。なので『この人はきっとこのようなタイプだからこう応対しよう』と、どこかで決め打ちをする羽目になる筈《はず》です。しかしそれはあくまで決め打ち。よほどのセンスがない限りは、いつか必ず間違った応対をしてしまうということです。それが本当に良いことだと思いますか？」

「いえ……」

万里子に反論する意思がなさそうなのは、その口調からも明らかだった。そもそも先の意見は雪への助け船以上のものではなかったのだろう。

「加えて言うならば、相手次第で応対を変えるということは実は失礼に当たります。その瞬間はいいかもしれませんが、後で必ず自分と他者との応対の違いを見て気分を害する人が出てくる筈ですから。例えば私があなた方への接し方を一人一人変えたらどんなことになるか、想像できますよね？」

確かに優しく接して貰えた方は良い気分かもしれないが、そうでない人間にしてみればやってられないだろう。講座内の人間関係にヒビが入るのは間違いない。

「結局、その人その人ごとに接し方を考えるということは相手を試しているのと同じです。そして節度あるお付き合いをする上で、人を試すというのは許されません。どれだけ相手を思いやっての行為だとしても、試されたと知って良い気分になる人はいないからです。

画一的なマナーが結果的に相手を試さないことに繋がる……これもまたマナーの良いところなのですよ」

＊

桃が語り終えると、公子は興味深そうな表情で考え込んでいた。

「なるほどな……その二人には晒《さら》し者にされた経験があったというわけだ」

「意趣《いしゅ》返しの動機は充分ってことかネ」

そんな公子と真紀の会話に、桃は首を傾《かし》げる。

「でも西川さんは怒られるつもりがなかったと思うんだよね……」

本当に怒られるつもりだったら、もっと覚悟して挑んでいた筈だ。決行直前に桃に声をかける余裕なんてなかっただろう。

「わたしも西川さんがそんなことをするような人には思えません」

「お、倉瓜の先輩だからってかばってる?」

そう言いながら、真紀は思い出したようにスマートフォンを操作し始める。

「西川さんは学校では風紀委員です。直接の面識はありませんけど、真面目な仕事ぶりは見かけたことがあります」

流石《さすが》の千鶴もムッとした顔で反論した。

「それって推薦入学のための点数稼ぎとかじゃないノ?」

「違います。それより神原さんこそスマホを弄《いじ》りながら話さないで下さい。マナー違反ですよ」

「ああ、失礼したネ。今の話でちょっと気になったことがあったんだけど……黙って調べるヨ。話は勝手に聞いとくから、続けて」

そう言って真紀はスマートフォンに集中し始めたが、結局それから誰の口からも大した推理は出ず、そのまま解散の時間になった。


駅前で解散した後、歩いて自宅に戻ろうとしていた桃の肩を誰かが叩く。驚いて振り返ると、肩で息をする真紀だった。

「マキちゃん?」

「いやー、間に合って良かったヨ。ちょっと見せたいものがあってサ。どうせ後でみんなに諸諸まとめてメールするけど、まずは桃にってネ」

そう言って真紀はスマートフォンを掲げた。

「さっきの荒巻さんの話、どうも引っかかると思ったらウィッターで見たことあったなって」

ＩＴ方面に疎《うと》い桃は、ウィッターが一度に百数十字しか書けないＳＮＳのサービスらしいとしか知らない。そんな短い字数で何を語れるのかさっぱり見当もつかないが、少なくとも世間では結構流行《はや》っているようだ。少し前には「人生にウィットを」というキャッチコピーが書かれた広告を見た。

「長文をスクショして貼り付けてるから検索でなかなか見つからなくって。でも身元特定を避けるために色々ぼかしてるけど、明らかに例の件だよネ？」

桃が真紀の手元を覗き込む。するとこんなことが書かれていた。

　この間、通っていたマナー講座で先生にオフ会で人に会う時のマナーを訊いたのですが、いきなり怒鳴りつけられました。一緒に質問した友達なんて泣いてました。この先生、頭が硬くて気難しいだけなのにプロ気取り。ネットのことが解らなくて逆切れしたんだと思いますけど、こんなの許されますか？

この後も「マナーより思いやりが大事」と答えて一蹴《いっしゅう》された件についての恨み節が長々と続

いていた。思っていたよりもずっと根に持つタイプらしい。

「今のところは被害者ヅラして学級会モード。200グッド超えしてて同情や共感の声多数ってところかナ。で、これが『マナー講座』って単語で抽出した過去ログ」

真紀が差し出したスマートフォンを桃は受け取る。ログをざっと読む限り、荒巻が以前からマナー講座に不満を溜めていたのは明らかだ。

「うーん。もうお腹一杯……」

桃は途中でギブアップして、スマートフォンを真紀に返した。

「ちなみにどっちの肩を持ちたいノ？」

「そういう訊き方されると困るけど……荒巻さんがここで訴えているように、糸数先生がただ頭が硬くて気難しいだけの人とは思えないんだよね」

「まあ、個人的にはこういうことネットで書く時点で、荒巻さんのことはあんまり好きになれそうにないけどネ」

比較的近いタイプと思っていた真紀にさえこう言われてしまう雪の人間性はともかくとして、現時点ではまだ事件のピースが増えただけだ。全て嵌《は》まるまでは結論を出すべきではない。

「で、どうする？　アカウント作って釣る？　っていうか吊す？」

「いいよ！　そこまでしなくていいから……」

言っている意味はよく解らなかったが、真紀が恐ろしいことをしようとしているニュアンスだけは不思議と伝わってきた。荒巻に良い感情はないが、センターや慶子の関わっていることだけになるべく大事にはしたくない。

「まあ、ウチが手を下すまでもなさそうだけどネ」

真紀がスマートフォンを眺めながら、厭な笑みを浮かべる。

「え、何の話?」

思わず不安になった桃がそう訊ねると、真紀はバツが悪そうにスマートフォンをしまった。

「気にしないでいいヨ。ネットなんて無くて過ごせるならそれに越したことはないしネ。それに桃にはもうちょっとそのままでいて欲しいかナ」

「それってどういう意味?」

真紀は少し考えた後、意味深《しん》な表情でこう言った。

「桃は面倒なネットマナーなんて知らなくていいよってこと」

*

翌週の木曜。

「中等部二年の暮志田千鶴です。西川さんですね?」

千鶴は放課後の度《たび》に高校棟の前まで足を運び、四日目にしてついに下校しようとしていた万里子に声をかけることに成功した。以前の千鶴では考えられない積極性だ。センターに通うようになって、色々な人間を知ったお陰だろうか。

「そうだけど、何か？」

「あの、不愉快に感じたらすみません。実はわたし……」

千鶴はまず自分がカルチャーセンターに通っていること、そして友人の桃が万里子と同じマナー講座にいたことを打ち明けた。

「ああ、桃ちゃんのお友達なんだ」

万里子は警戒を解いてくれたようだった。

「あんまり良い記憶ではないけれど、私もどうして先生があそこまで怒ったのか知りたいの。何か解ったら私にも教えてくれるなら……」

「約束します」

千鶴がそう言うと、万里子は少しずつ自分のことを語り始めた。

「そうね。まずユキとは小学校の頃に通ってた塾が同じで……当時はそんなに親しかったわけじゃなかったけど、マナー講座で久しぶりに会ったら懐かしくて意気投合したの」

「西川さんがマナー講座を受けたのは何故ですか？」

「風紀委員の仕事をしてると色んな人に注意することになるんだけど、結構反撥されるの。まあ、大抵は感情的なものなんだけど、時々論理的な反論も混ざっててね。『校則には規定がない』とか『一般常識で考えれば自分が正しい』とか言われて、言葉に詰まっちゃうことがあったの。実際、真面目に考え始めると何がセーフで何がアウトか解らなくなってきて……自分の中ではっきりとした線を引けるようになりたくて、マナー講座に申し込んだの」

真面目は真面目だが、その度合いが千鶴の想像の遙か上を行っていた。普通、学校の仕事のためにカルチャーセンターに通うという発想はなかなか出てこない。

「ちなみにオフ会でのマナーについて訊ねようとしたのはお二人の内どちらですか？」

千鶴の問いに万里子は首を横に振った。

「私じゃなくてユキ。一人で訊くのは勇気が要るから一緒に質問してくれないかって……その時は軽い気持ちで引き受けたのに、まさかあんなに怒られるなんて」

千鶴もその感覚は決して異常ではないと思う。万里子は訊いただけで叱責されるような内容ではないと判断して、雪に付き合うことにしたのだろう。

だが肝心なのは内容よりも訊き方だ。

「あの、実際はどんな風に質問しました？」

「どんな風って……ユキが『アタシたち、オフ会でのマナーを知りたいんですけど、どうしたらいいか教えて下さい』って。私はユキの隣で黙ってた」

「その時の糸数先生の反応はどうでしたか？」

「無表情とまでは行かなかったけど、笑顔は消えてた。もしかしたら、困っていたのかもしれない。だけど、そこにユキはオフ会の説明をし始めて……言い終わらない内に、糸数先生が怒り出したの」

まず、慶子のレスポンスを待たずに話し始めるのは不作法だが、それ以前に雪の方に敬意が感じられない。故意に怒らせたと見てもいいのではなかろうか。

「もしも荒巻さんが、わざと怒らせるようなことを言ったとしたらどうですか?」

「え、まさか……」

「これ、おそらく荒巻さんのアカウントです」

千鶴は真紀のメールに添付されていたファイルをプリントアウトしたものを、万里子に渡す。

「本人だと思いますか?」

「そうね。とってもユキらしい……きっと確信犯だったんだ」

万里子はしばらくそれを眺めていたが、やがて落胆した顔で千鶴に返した。

「今から思うとユキは講座を辞めるきっかけを探してた気がする。ご両親が勝手に申し込んだらしいから。私は楽しかったけれど、ユキはストレスを感じていたのかもしれない……」

「でも巻き込むなんてひどいですよ」

「ユキ、あれで結構臆病なところがあるから。心細かったんじゃないかな。残念なのは私があの講座が好きだったこと……糸数先生みたいになれたらいいなって思ってたのに」

万里子が目を伏せたので、千鶴は慌ててフォローする。

「事情を説明すればきっと大丈夫ですよ」

「駄目なの」

予想外の返事に千鶴は戸惑う。

「どういうことですか?」

万里子は少し躊躇った後、新しい事実を告げた。

「少し前にセンターから連絡があってマナー講座は休止、再開も未定だって……もう私たちだけの問題じゃないの」

＊

次の日曜日の昼。またしても桃たちは外濠公園にいた。

「ここまでの話を総合すると……あの二人には講座に対する温度差があって、西川さんは荒巻さんの悪意に巻き込まれただけと見て良さそうだな。勿論、『現時点では』という前置きは必要になるが」

ランチタイムの雰囲気はさながら捜査会議だ。桃はみなの報告を聞きながら、さっき買ったばかりの肉まんを囓っていた。

「それにしてもこの中華ハンバーグ弁当は本当に美味《うま》いな。普段家で食べないタイプの味だから尚更美味いのかもしれないが」

「今日は麻婆豆腐弁当試してみたけど、こっちもなかなかいいヨ。これ、推《お》せるヨ。激《げき》アドだヨ」

美味しそうに台初軒の弁当を食べているのを見ると、コンビニの肉まんとおにぎりを選んだことを後悔しそうになる。

「だけどなんで荒巻さんは西川さんを巻き込んだのかな？」

桃が誰に訊ねるでもなくそう口にすると、真紀と千鶴が反応した。

「決まってるじゃん。先生に友好的だった西川さんを前に出して質問させた方が、よりダメージを与えられるからだヨ」

「わたしは荒巻さんに先生からの叱責を、一人で受け止める勇気がなかったせいじゃないかって思うんですけど……」

こういう時も二人のスタンスの違いが出る。桃にはそこが可笑《おか》しかった。

「しかしオフ会でのマナーなんて、訊かれてそんなキレるようなことかネ？」

「わたしもそこは気になってます。本当にそれだけだったのかって」

雪が敢えて慶子に無礼な態度を取ったのはもう裏が取れているし、怒った理由自体も解っている。なのに、マナーを教えている慶子が礼儀をかなぐり捨ててしまったことだけが解《げ》せない。

「まあ、でももう悩む必要ないでショ」

食事を終えた真紀が突然そんなことを言う。

「だってマナー講座は先生の一身上の都合で無期限休止。受けられなくなった残りの講座に応じて返金もしてくれるから、なかなか良心的な対応だと思うヨ。それに……」

真紀は相棒のスマートフォンを取り出す。

「荒巻さんのアカウントは大炎上しちゃったし」

実は雪のウィッターに関する続報は、昨日の内に真紀から聞かされていた。

ウィッターの住人は最初こそ雪に同情的だった。しかし例の過去ログが発掘されるにつれ、

「それはマナーを軽視したお前が悪い。先生に謝れ」だの「当たり屋みたいな真似をするな」だのと叩かれ始めた。そこで大人しくしていれば良かったのに、感情的に反論してしまったせいで雪のアカウントは盛大に炎上する羽目になった。

「荒巻さんの敗因はネットマナーがなってなかったことだネ」

結局、雪はアカウントを消してしまったようだ。つまり、雪の受けたダメージが大きかったことを意味する。

「お前が火に油を注いだんじゃないのか？」

「人のことを何だと思ってるんだヨ！　そんなことするわけないでショ。ウチは見てただけ！」

釣るとか吊すとか言っていた口で反論しても説得力がないが、知っているのは桃だけなので敢えて黙っておく。

「まあ、謎は残ったけど犯人は裁かれたし、因果応報《いんがおうほう》ってネ。これで終わりでいいんじゃないノ」

「だけど、糸数先生が怒った理由がはっきりしないのって気持ち悪くないですか？」

「そりゃそうだけどサ。解けない問題があったらとばして別の問題にかかるのがセオリーじゃないノ？　時間はもっと有意義に使おうヨ。あ、千鶴は解けるまで止まるタイプかナ？」

「いけませんか？」

千鶴が少し膨れているのを見ると図星だったらしい。

「でも残念だな。マナー講座、少し気に入り始めてたから……」

桃がそう言うと公子は不思議そうな表情になる。

「そういえば……そもそも先崎はどうしてマナー講座を受けることにしたんだ?」

それを話すの、とっても恥ずかしいんだけどな……。

桃は少し迷ったが、経緯を話すことにした。

「先月の話なんだけどね。あたし、センターのロビーでカタログ広げてたんだ……」

*

何を受けたらいいのか全然解らない。

桃はため息と共にカタログを閉じる。

つい先日、思い切って「またカルチャーセンターに通いたい」と家族に打ち明けたところ、あっさり許可が出てしまった。それどころか家計を慮《おもんぱか》っていたのも見透《みす》かされて母親には「十年早い」と怒られた。要は完全に桃の独り相撲《ずもう》だったわけだ。

こうして一番の問題は解決してしまったわけだが、肝心の受けたい講座についてはまだ何も検討していなかった。それで慌ててカタログを貰いにカルチャーセンターに駆け込んだわけだが、いざ検討してみるとさっぱり見つからなかった。

折角《せっかく》家計からお金を出して貰うからには、やはり何か役に立つ勉強がしたい……そんな思いでカタログを眺めていたのだが、おあつらえ向きの講座はなかなかない。勿論、楽しそうな講座はいくつか見つかったが「ただ楽しいだけではいけない」という思いが、そうした講座を選択肢から消す。

どうしてこんな風に迷っているのか、理由は自分でも解っている。公子のように「これを学びたいから学ぶ」という意志のある選択がしたいのだ。しかし今の桃には「これ」と呼べるものがない……。

「バッドな顔してるのね」

声をかけてきたのは講師のエリカ・ハウスマンだった。

「エリカ先生？」

エリカは三十前後の彫りの深い顔立ちをした美女だ。カタログの紹介によるとイギリス人と日本人のハーフで、一流外資系企業勤務を経て今は講師に転身したばかり。しかし派手な見かけによらず苦労人で、奨学金制度を利用してどうにか大学院卒業までこぎ着けたという話だ。

「何か悩み事？」

「ええ、まあ……」

エリカには背中を押して貰った恩がある。しかしこうやって話しかけられると、憧れよりも気後れが先に立つ。エリカにはただの中学生である桃を、気に懸けるメリットはない筈だ。

「実は何を受けたらいいのか解らなくて」

「私のレッスンは？」

千鶴から聞く限り、エリカの受け持つ『中学・高校では教えない経済学』は、視野を拡げるにはもってこいの内容らしい。

「確かに興味はあるんですけど……人気過ぎてもう一杯じゃないですか」

エリカの講座は既にかなりの話題で、次とその次のクールの募集も締め切られたという話だ。突然現れたスター講師にセンター側も喜んでいるとかなんとか。

「一人ぐらいどうにかなるとは思うけど」

「勿体《もったい》ないですけど、いいです。なんか不公平ですし……」

エリカは唇を尖らせて肩をすくめる。向こうの生活で身体に染みついたのか、彼女はやけにオーバーなゼスチャーをする。

「別にいいけど、チャンスを見送って後悔しないようにね」

「あの、その代わり先生に教えて欲しいことがあるんですけど……」

我ながら凄く厚かましい申し出だとは思っていたが、エリカなら答えを知っているような気がしてつい口走ってしまった。

「雑談レベルでいいなら」

しかしエリカは快諾してくれた。

「役に立つ勉強ってなんですか?」

「それはなかなかインタレスティングな質問ね」

そう言うとエリカは桃の隣に腰を下ろした。どうやら桃の質問にしっかり付き合ってくれるらしいが、桃はかえってエリカの時間を奪ってしまうことを申し訳なく思った。

「もしも学生の頃に勉強したことがそのまま将来のジョブで活かせたらそれは役に立ったと言えるわね。だけど現実には文学や法律を学んだのにIT系のジョブに就くとか、数学や工学を学んだのに接客系のジョブに就くとかいうことがよくあるの。やった勉強が無駄になったとは言わないけど、勿体ないとは思うわね。何故なら大抵のエキスパートは無駄なく生きてるから」

そういうことなら公子も現時点ではまだ作家志望だ。そしてもし作家になれなかった場合、そのために費やした努力を活かせる仕事はかなり限られている。目的がはっきりし過ぎているのも考え物という話か。そう思うと焦っていた気持ちが少し楽になった。

「つまり……役に立つ勉強をしたいのなら、その前に目的がないと無駄になるかもしれないってことですか？」

「イグザクトリィ。呑み込みが早い」

しかし今の桃に将来の夢なんてまだ何もない。そんな自分を思って桃はため息を吐《つ》く。

「ただ、今から就きたいジョブがあってもそれはそれで考え物かも」

「どうしてですか？」

「望んだジョブに就けるかどうかはラックに左右されるけど、それ以上に流行り廃《すた》りもある。昔の日本で言うと、ソロバンの技術を売りにしてた人たちが電卓の登場で仕事がなくなったみたいにね」

「それじゃ、何をどう頑張っても無駄になる可能性があるんですか？」

「そういうこと。学校では生徒たちのモチベーションに関わるからそういうこと教えないけどね」

桃の脳裏には、毎日仕事から帰ってきた後も資格試験の勉強をしている父親の姿が浮かぶ。きっと若い頃の父親は、自分がそんな風になるだなんて思ってもみなかっただろう。

「けど絶対に無駄にならない勉強なら一つ教えてあげられる」

「なんですか?」

「人から愛される勉強」

そう言ってエリカは微笑《ほほえ》む。真近で見ると一層魅力的に見える。同性の桃から見てそうなのだから、きっとさぞモテるのだろう。そう思うと急にドキドキしてきた。

「あの、あたし、好きとか嫌いとかよく解らなくて……結婚とかまだ考えてないです」

「ラブイコールマリッジというのもスライトリィ違うんだけど……だったら人から好かれる技術と言い換えてもいい。恋愛とか抜きにしても、人から好かれるというのはそれだけで強力な技術なの。人より勉強ができなくても関係ない。それで仕事を貰えたりする。私みたいにね」

凄い説得力だ。確かにエリカは色んな人間を魅了しながら仕事を拡大している。

「そこから先はユー自身が考えなさい。間違ってもいいから自分のブレインで答えを出す癖を付けないと、大人になってからじゃアフターカーニバルだから」

「アフターカーニバル?」

「後の祭りってね。ただのジョーク」

エリカはちょっと照れたように言う。海外が長いせいで自然と英語が出るのかと思ったが、案外考えながら混ぜているのかもしれない。

「あの、ありがとうございました」

「……前にも言ったけど、私にとってユーの将来は他人事《ひとごと》だから。あんまり真に受けないでね。私が言うこともよく考えてちゃんと疑いなさい」

そうは言いながらもエリカは優しいと思う。もしかすると、今の桃にかつての自分と似たものを見出しているのかもしれない。勿論、それは桃の希望的観測に過ぎないけれども。

「さて、そろそろ行かなきゃ」

エリカは立ち上がる。たった十分ほどの時間だったが、一クール分レッスンを受けたような満足感があった。

「あの、ありがとうございました……今はお金ないですけど、いつか自分でお金を稼ぐようになったら必ずお礼しますから」

「別にそんなこと気にしなくてもいいのに。それより今度FMでラジオ番組持つことになったんだけど、みんなに宣伝よろしくね。それがコンサルティング料の代わり」

「はい！」

いつかエリカ先生みたいになれたらいいな。

＊

「愛される勉強か。考えたこともなかったな」

公子がどこか感心したように言う。

「そりゃそうでショ。最初から何でも持ってる奴に普通の人間の気持ちは解らないからネ」

そう言われた瞬間、公子は大きく眼を見開いて真紀を見る。二人の間に緊張が走ったが、公子は結局何も言い返さなかった。真紀も何か言ってはいけないことを口にしたと思ったのか、押し黙っている。

「そ、そういえば、エリカ先生は別にマナー講座を受けなさいとは言ってないですよね？」

このままでは、雰囲気が重くなる一方だと察したらしい千鶴が、桃に訊ねた。

「うん。だから自分で凄く考えて決めたんだよ。自分でこれ言うの、凄く恥ずかしいんだけどね。あたしなりに愛される勉強をしてみようって……あたし、みんなと違ってお金持ちの家の子じゃないから、知らない内に誰かを不愉快にさせてるのかもしれないって思ったんだ」

「そんな……考え過ぎですよ」

千鶴が空《から》になった弁当箱を片付けながら、そう言った。

「確かにマナーを勉強したからって人から好かれるとは限らないけど、嫌われる理由を減らすのは大事かなって。実際マナー講座に通ってみて、知らない内に誰かに失礼なことをしてきたなって反省するところもあったしね。だから今回の件がこのまま終わったりしたら、気持ち悪いなって」

気がつけばいつの間にか、全員昼食を食べ終えていたようだ。何もなければじきに解散になるだろう。

桃がそう思っていると、公子がこんなことを口にした。

「実は真相が解った気がするんだが……この後、用事はあるのか？」

＊

桃と公子は外濠公園からカルチャーセンターに向かっていた。

「改めて考えると二人っきりになるのは初めてかもしれないな」

千鶴も真紀も、この後に家の用事が控えているとかで帰ってしまった。ただ、二人ともその場で説明しなかった公子に少し恨めしげな視線を向けていた。桃も二人と同じ立場だったらそうしていただろう。

しかし公子と二人だとどうも緊張する。

「けど、どうして突然解ったの？　新しい情報が出たわけでもないのに」

「さっき、神原が私に暴言を吐いたのを憶えているか？」

「……人の気持ちが解らないってやつ？」

公子は少し渋い表情で肯いた。

「あれは本当に胸が痛くなった。私は滅多《めった》なことでは感情的にならない自覚があるんだが、あの時は神原の頭を叩いてやろうかという気持ちにまでなった」

「まあ、マキちゃんは口が悪いところがあるから……」

「いや、少し前までは平気だったんだがな。小説を書き出して、登場人物に血が通わないことを悩み始めてから、『お前は人の気持ちが解らない』という言葉が胸に突き刺さるようになった。何故なら私がロクに登場人物の心理描写を書けないのは、まさしく人の気持ちが解らないせいだ。それをアイツ……」

桃は公子が拳を強く握りしめていることに気がついて、慌てて言葉をかける。

「ミカちゃんはそんな心の冷たい人じゃないよ。そんなに気に病まなくても大丈夫だよ」

「いや、それでも他人に興味を持ちだしたのは最近だ。お前たちと出会ってなかったら、私はたった一人で完結していたかもしれない。そういう意味ではお前たちに感謝している」

そうやって自分の話をする公子を見て、桃は彼女が同い歳の少女だということを思い出した。

「それで事件の話に戻るんだが……さっき私が感情的になりかけたのは、神原が心の中の大事な領域に踏み込んできたせいだ。だからもしかすると、糸数先生も同じだったんじゃないのかなと思ってな」

「あ……」

そういえば慶子は講座の中で、そんな話をしていたではないか。

「あの年齢だ。ずっと実社会を相手に生きてきた先生にとって、おそらくネットの世界は未知の領域の筈だ。答えられなくて当たり前かもしれないが本質はそこにない。荒巻さんだって別に本気でオフ会のマナーについて知りたかったわけではないだろう。彼女はただ、先生を試すような質問をしたかっただけだ」

人を試すのは御法度……雪は恥をかかされた意趣返しとして、慶子を試したということか。

「試されたと気がついた時の先生の衝撃は大きかった筈だ。何せ、マナーを四十年も教えているんだ。それを嘲笑《あざわら》うことは彼女の人生を否定するようなものだ。仮に荒巻さんの質問の仕方に落ち度が無くても、感情的になるのには充分な理由だろう」

そして公子の推理は概《おおむ》ね正しかった。


十数分後。センターの空き教室で、桃と公子は慶子と向き合っていた。

「あの、先生が怒ったのは荒巻さんが悪意をもって先生を試すようなことを、訊いたからではありませんか？」

公子の質問に慶子は肯いた。

「私は荒巻さんが悪意をもって質問しに来ていることには、すぐ気がつきました」

センターの受付でたまたま慶子が来ていることを知り、二人は直接彼女に真相を問い質《ただ》すことにしたのだった。幸い慶子は協力的で、桃は最初からこうすべきだったと思ってしまった。

「しかしお金をいただいている以上、プロの講師としてその質問に答えるべきだとは思ったのですが……私には答えられませんでした」

「その理由を伺《うかが》っても？」

「マナーというものは暗黙の了解や一般常識が基礎にあります。ですが……インターネットというものを通じて知り合い、実際に会うこと自体が私の中ではそもそも非常識でした。なので、常識から外れたものに答えを出すことはできません。だから荒巻さんからいくらオフ会の説明をされても、何も言えなかったのです」

おそらく雪が慶子にオフ会について説明したのは、追い打ちのつもりだったのだろう。

「言い訳がましく聞こえるかもしれませんが、別にインターネットそのものに否定的な感情があるわけではないんです。ただ私にはよく解らないというか……どう返事をするべきか迷っている内に、荒巻さんから『そんな有様でよくマナー講師なんかできますね』と言われた気がして、私はつい声を荒らげてしまったのです。西川さんはただの付き添いでしたが、あの時の私はそんなことさえ意識から飛ぶぐらい冷静さを欠いていました。だから西川さんにはとても申し訳ないことをしたと思ってます」

「では講座の中止を決意した理由は？」

「まあ、色々ありますが、敢えて言うなら社会の変化についていけなくなったせいでしょうか。本来マナー講師が口にするべきことではないのですが、マナーの中には傍目《はため》には不条理に見えるものもあります。そうしたものを企業からの依頼で、一週間なり二週間なりかけて、新入社員に仕込んでいくのが私の仕事でした」

「終身雇用という大きな見返りがあった頃は、マナー研修も一種の通過儀礼として機能していたんですね」

「そういうことです。あの頃、私は鬼の糸数と呼ばれていました」

ということは、今はかなり優しくなったということなのだろう。

「しかし今はもうそんな時代ではありません。最近では企業のマナー研修も一日、半日単位でしか依頼が来なくなりました。不景気が進んだせいで、マナーに気を遣う余裕すら失われたということでしょう。そんなことを思う内にマナー講座、ひいては私自身が時代遅れなのではないかと悩むようになりまして……」

「それでセンターに休止を申し出たんですね」

公子の言葉に、慶子は申し訳なさそうに肯く。

「自分が虚礼を売り物にしているのではないかと思った瞬間に、耐えられなくなったのです」

講座中は絶対者のような存在感があった慶子が、今は年相応の普通の女性に見える。今回の一件でそれほどまでに自信を喪失してしまったということだろう。

「あの、糸数先生……」

確かに知りたいことは、これで全て解った。けれど、このままでは慶子の心は救われない。

「なんですか、先崎さん?」

「先生にとってあまり愉快な話題ではないと思いますけど、敢えて言いますね。実は荒巻さんが先日の一件をネットに書き込んでまして……」

桃は慶子に、雪の炎上事件をかいつまんで説明した。

「そうですか。そんなことになっていたなんて……」

しかし慶子は雪がアカウント削除に追い込まれたと聞いても特に溜飲《りゅういん》を下げた感じはなく、

狐につままれたような顔をしていた。やはりネットのことはよく解らないらしい。

「けど、それはもう終わってしまった話でしょう？」

「上手《うま》く伝わるか自信がないんですが……『思いやりさえあればマナーなんて要らない』って主張していた荒巻さんが、結局思いやりのない行動が原因で大変なことになったのって、逆にマナーの必要性を示していると思うんです。まあ、ネットマナーなんですけど……」

慶子は何も言わず、ただ目を丸くして桃を眺めていた。桃は上手く伝えられないことを承知で、自分の言葉で思いを語る。

「マナーは時代の移り変わりによって変化するかもしれません。しかしマナーそのものは必要です。マナーを教えてくれる先生がいなくなったら、あたしたちはマナーについて考えることもできなくなります。だからやめないでほしいんです。もしかしたら荒巻さんもマナーの重要性が解ったかもしれませんし……」

慶子は尚も黙って桃の顔を眺めていたが、やがて微笑んだ。講座では見せてくれたことのない、優しい笑顔だ。

「そうですね。マナー講座、もう少し続けてみようと思います。西川さん、そして荒巻さんに謝罪して、もう一度声をかけてみるつもりです」

＊

ロビーに出ると、公子が何気ない調子で話しかけてきた。

「浮かない顔をしているな」

「え、そう？」

「謎も解けて、講座も再開するというのに、何がそんなに心配なんだ？」

今回の一件でマナーの重要さは解ったつもりだし、またこれからも慶子の講座に通えるのは嬉しい。しかしあることが桃の心に引っかかっていた。

「あら、久しぶり」

そこに声をかけてきたのはエリカだった。

「どう、私のラジオ聴いてくれてる？」

「はい！　学校の友達にも宣伝しました」

「エクセレント！……隣にいるのはフレンド？」

エリカは公子を上から下まで、舐《な》めるように見つめていた。

「私は先崎の友人の三方ですけど……何か？」

「ハーイ。私はエリカ・ハウスマン。ユーも私の講座受ける？」

「折角ですが遠慮しておきます。私は小説で手一杯なので」

「あら、それはそれは……憶えておくから」

エリカは意味深な笑みを浮かべて公子から視線を切ると、桃に優しく語りかけてきた。

「ところで愛されるための勉強は順調？」

「……実はそうでもないです」

愛される第一歩として嫌われないためにマナー講座に通い出した。しかし、完璧なマナーを身につけた人間ですら簡単に嫌われるという事実を知った今となっては、素直に講座の再開を喜べない。

「ね、人から愛されるって大変でしょ？」

「はい」

「愛されるための勉強って無駄にはならないけど、極めるのはベリーベリー難しい……ま、続けるもやめるもユーの自由だけど、どっちを選んでも地獄と思いなさい」

「……少し考えてみます」

「失礼ですけど、その言い方は無責任ではありませんか？」

横から口を挟んだのは公子だった。しかし彼女が、大人に対して食ってかかるような言い方をするのは意外だった。

「ホワイ？」

「先崎はあなたの言葉を真剣に受け止めて、今の講座を選んだ……簡単に撤回なんてしないで下さい」

「私はただ乞われたからレクチャーしただけ。まあ、最初から愛される資格を持ってるユーにはこの話は理解できないかもねー」

エリカはからかうように公子の顔を覗き込む。

「どういう意味ですか？」

「エリートは一杯見てきたけど、みんな人の心が解らないんだよね。ユーも同じ」

公子の顔が強張《こわば》る。桃はそれが怒り由来のものだと気がついた。

なんとか二人を仲裁《ちゅうさい》しなきゃ……けど、なんて言えばいいの？

しかし桃が答えを出す前に、エリカは公子に背を向けた。そして手をひらひらさせながらこう告げる。

「じゃあ、仕事が残ってるから。グッバイ」

一触即発《いっしょくそくはつ》の状況は回避できたようだ。桃は安堵《あんど》して公子の様子を窺《うかが》うが、公子は怖い表情で、去って行くエリカの背中を睨んでいた。

「気に障る人だ。お前たちが褒《ほ》めそやすのが理解できん」

「あれで意外と優しい人なんだよ」

「お前にはな。私には違った」

公子のボルテージが下がらないことに焦っていたら、急に桃のお腹が鳴った。

「あ……」

腹の虫の間の悪さに、言葉が出て来ない。

「もしかして空腹なのか？」

公子は笑いながらそう訊ねたが、桃は必死に首を横に振った。公子の怒りがどこかに行ったのは良かったが、その質問は嬉しくなかった。

「なあ、先崎。私の勘違いだったらすまないが、もしかして今日のお前は弁当が食べたかったんじゃないのか？」

「え……」

「今日だけじゃない。先週も無理してサンドイッチを食べてたんだろう？」

「……そんなことないよ」

「そんなの、顔を見たら解る。ランチの間、ずっと物足りないって表情だったぞ」

迂闊《うかつ》だった。せめてポーカーフェイスを貫くべきだった。

「色々考えていたんだが、まず経済的な理由で遠慮したのとは違うな。先週も今週も五百円分は買っていたしな」

「ダ、ダイエットだよ」

「それも違う。だったら買う量は半分でいい」

ゆっくりと追い詰められ、桃は冷や汗を流した。春の将棋講座以来の感覚だ。

「サンドイッチ、おにぎり、肉まん……それらの共通点は手づかみで食べられるということだ」

やはり公子は頭がいい。まさか気がつかれるとは思っていなかった。

「裏を返せば箸を使わなくてもいいということでもあるが……箸は苦手か？」

桃は力なく首を縦に振った。

「あたし、お箸の持ち方変だから……みっともないって思って」

マナー講座に通い出してから、桃は他の三人とは経済的な環境が違うことを自覚してしまった。なるべくマナーにのっとって行動しようとはしたが、どうしても直らないことはある。

「おばあちゃんにも何度も注意されたし、頑張ってるんだけど、まだ直らないんだ」

「お前は馬鹿だな」

真紀ならともかく公子からそんな悪口を言われるとは思ってなくて、桃の頭は真っ白になった。

公子は黙って硬直した桃の右肩に手を置く。桃は公子が置いた手の温かさが伝わってきた気がして我に返った。見れば公子は真面目な顔で桃を見つめている。

「私は箸の持ち方ぐらいでお前のことを嫌いになったりはしないさ。きっと暮志田や神原だってそうだろう」

その言葉で、桃の気持ちは驚くほど軽くなった。

「でも……やっぱりみっともないし」

「それより、お前が食べたいものも食べずに悩んでいるのを見ている方が厭だ。だから今まで通り、私たちの目なんて気にしないでくれ。またお前が美味そうに食べる様子を、見せてほしいんだ」

桃の家族は血が繋がっているという理由で桃を愛してくれる。だけど他人から愛されるのには、何か理由が必要だと思っていた。そのためにマナー講座に通い始めたというのに。もしかして今のあたし、愛されているんじゃないの？　勿論、友達としてだけど……。

「……なんて、直接本人に言うのはマナー違反だったたか？」

そう言われて、つい涙が出そうになった。

「ううん。全然そんなことないし……あたし、ミカちゃんがそう言ってくれて本当に感謝してる」

愛は目に見えない。だけど何かの拍子に束の間存在を感じることはできる。それがこんなに嬉しいことだとは思わなかった。

だが、次に公子の口から出た言葉は予想外のものだった。

「しかし私の見立てが正解で良かった。お前を真剣に観察した甲斐があったというものだ」

「それってどういう意味？」

「さっき登場人物の心理描写が書けないと言っただろう。だからお前を参考にしてみようと思ってな。ここしばらく会う度に真面目に観察していた」

やはりあの妙な視線は公子のものだったのだ。それなら箸のことを見抜いたのも納得だ。しかし桃は、わざわざ自分が選ばれた理由が解らなかった。

「なんであたしなの？」

「暮志田は一筋縄ではいかなそうで今の私の手には余る。反対に神原は損得勘定で動くから単純過ぎて面白みがない。その点、お前が丁度良かった」

一瞬で嬉し涙が引っ込んだ。あった筈の愛の存在も掻き消えて、もう感じられない。

ミカちゃんのばか。

「い、今の言葉はマナー違反じゃない？」

桃がそう言うと公子は少し驚いた表情を浮かべる。

「そうなのか？　いや、答え合わせみたいな真似をしたことに妙な罪悪感があってな。種明かしというか、つい余計な言葉を口にしてしまった。そうか、これはマナー違反なのか……今後に活かすか……」

反芻《はんすう》するように何事か呟《つぶや》いている公子を見て、桃は深いため息を吐く。

「まったくミカちゃんは人の気持ちが解らないんだから」

その言葉に公子は表情を失ったが、桃はすぐに背伸びをして公子の肩に手を置く。

「なんてね。さっき馬鹿って言われた分のお返しだよ」

公子はまだ目を丸くしている。桃の行動が心底意外だったようだ。

「動機はともかく、ミカちゃんがあたしの心の中を頑張って想像してくれたことは嬉しかったよ。人の気持ちが解らなくても、解ろうとはしてくれてたわけだし」

桃は公子との距離が、ようやく千鶴と真紀ぐらいには縮まった気がした。

「次の作品、お前を出してもいいか？」

「え、ヤダよ。恥ずかしい……」

「お前をモデルにして書けば登場人物に血が通う気がする。お前は自分で思っているより魅力的なんだぞ。割とストレートに感情を出すのがいいのかもしれん」

そう言われると余計に恥ずかしい。

「だったら完成したら必ず読ませてね。あたし、チェックするし」

桃は公子との関係に確かな重みを感じていた。少なくとも万里子と雪の間にあった、一方的な友情とは違う。

「ああ、お手柔らかにな」

桃は大きく肯く。

この関係はその内終わってしまうかもしれない。だとしてもこの記憶を持って生きられるなら、人から思うように愛されなくても大丈夫な気がする。

「じゃあ、台初軒にでも寄って行くか」

「うん。あたし、中華ハンバーグね！」

桃と公子は時間外れの食事のために、連れ立って歩き始めた。

今回の一件で愛されるために何をすればいいのかまた解らなくなった。けれど確実に言えることが一つある。

愛されたいと思える友達と出会えたあたしは幸せだ。

胎土の時期を過ぎても

「本物って何ですか？」

講座が終わった後、帰り支度《じたく》をしていた講師の羽生潔《はにゅうきよし》に神原真紀《かんばらまき》はそんなことを訊《たず》ねた。

「難しい質問ですね。ですが、とても良い質問でもあります」

潔はそう言うと顎髭《あごひげ》に手を当てて、何事かを考え始めた。

潔は髪を伸ばした三十過ぎの男で、時間にルーズなのかいつも講座には走って現れる。しかし長髪顎髭なのに妙な清潔感があり、話も面白いから生徒たちからはなんだかんだで好かれていた。

「良い質問とか言って、今答えを必死で考えてるんでショ？」

「はは、バレましたか」

こうした飄々《ひょうひょう》としたところも潔の魅力だ。

実は潔、さる有名な鑑定士の息子で実力もあるが、本人は今のところ鑑定士として独立する気がなく、普段は美術ライターやカルチャーセンターの講師をしているそうだ。

ずっと抽選に落ち続けてきて、ようやく決まった講座だ。今回でまだ三回目だったが、真紀は自分の運に割と満足していた。

潔は突然、指を鳴らす。どうやら何か思いついたらしい。

「結論から先に言いますと、意味と価値が一致していること……それが本物の条件です」

「うーん、全然ピンと来ないナー」

意味と価値。中学生でも解《わか》る単語で説明しようとしてくれているのは伝わるが、曖昧《あいまい》すぎてかえって理解できない。

「解りやすい例を挙げましょうか。そうですね……神原さんはお米派ですか？　それともパン派ですか？」

「まあ、パンよりご飯の方が多いかナ」

「では五十万円するお茶碗を使って、神原さんが食事をするとしましょう。はたしてご飯は美味《お》味《い》しくなるでしょうか？」

「あんまり変わらないんじゃないノ？」

むしろそんな高価なもので食事をしたら、壊すのが怖くて味が解らなくなりそうだが。

「それはつまり、神原さんが芸術品としてのお茶碗には価値を見いだしていないということですね」

「そりゃ、普段五百円のお茶碗で食べてるウチが、五十万のお茶碗に替えたって、千倍美味しくはならないしネ」

「意味と価値がズレているというのは、そういうことです。神原さんにとってお茶碗とは、あくまでご飯を食べるもの……それが意味なんですから、貨幣的な価値がいくらだろうと関係ないでしょう」

実際、真紀には骨董品《こっとうひん》のお茶碗を有り難がる感覚がよく解らない。確かに値段には驚くがそれだけだ。しかし一方で、物の価値の解らない奴と言われた気がして真紀としては面白くない。

「なんか馬鹿にしてませんかネ？」

「まさか。ところで好きなご飯の食べ方はありますか？」

上手《うま》くはぐらかされた気がするが、質問には素直に答えることにした。

「うーん、強《し》いて言えばご飯の上に目玉焼きを載せて食べるのが好きかナ。あとは明太子《めんたいこ》とかを沢山《たくさん》載せてお茶漬けにするのも」

真紀は意外とご飯の友を愛する少女なのだ。

「なるほど、つまり具となるものを直接、載せて食べるのが好きということですね。ということは、神原さんは普通によそってもスペースが発生するぐらいの、深目のお茶碗がピッタリですね」

「そう言われてみればそうだネ。わざわざご飯減らして上に何か載せるの、めんどっちいし」

「そんなお茶碗が二千円で売っていたとしたら買いますか？」

「色とかは指定できるノ？」

「喩《たと》え話ですよ。まあ、構いませんけど」

ご飯はほぼ毎日食べるもの。それがちょっと美味しくなるなら、二千円でも決して高くはないかもしれない。

「まあ、悪くない買い物かナ？」

「おや、食器としてのお茶碗になら二千円は出せるんですね。意味と価値が一致しました」

「そのお茶碗が本物ってこと？」

「求めるものが適正だと思える価格で手に入ったなら、それらは全て本物です」

「そんな安直ナ……」

「嘘だと思うのなら、買って後悔したものがどれだけあるか数えてみては？」

「うっ」

セールで安く買ったけどあまり似合わなくて着なくなった服、高いから父親にねだって買って貰《もら》ったのに歩きづらくて履かなくなった靴、面白そうと思って定価で買ったけど、評判が良くなくてやらなくなったゲーム……確かにどれもこれも意味と価値がズレている。

「実のところ、まず本物を買うというのがとても難しいんです。それが鑑定眼の必要な骨董品なら尚更ですよ」

「骨董品ってそんなに偽物ばっかりなんですか？」

潔はシニカルな笑顔を浮かべて肯《うなず》く。

「骨董品には先人の技術が込められています。そんな技術の結晶を所持したい……そう思っている人間なら、鑑定眼も自然と磨《みが》かれる筈《はず》です。いずれは本物を手にすることができるでしょう。

しかし単に高価なものを所有したいと思って、骨董に手を出すのは危険ですね。つけられた値段にしか興味がなく、来歴などの意味はどうだっていい……そんなスタンスであれば、意味と価値がズレたものを押しつけられても気がつかないでしょう。金塊でも買った方がマシです」

その口ぶりにはいくらかトゲがあった。鑑定士の息子として、色々なケースを知っているのだろう。

「どうです、本物の定義が理解できましたか？」

一応、潔の語る意味と価値の話は理解できた。しかしそれは、真紀が求めていた答えとはズレていた。

「けど本物って、誰が見ても本物だから本物なんじゃないんですか？」

潔は肩をすくめたが、呆れているわけではなさそうだった。

「絶対的な本物があって欲しいという気持ちは解りますよ。けど誰かにとっての偽物も、別の誰かにとっては本物になるって考えた方が、不幸にならなくて済むと思いません？」

「それは……そうかもしれませんけどネ」

だけどそれは、本物だと思っていたものがたやすく偽物に変わるということでもある。それが真紀にはどうにも耐えられなかった。

そんな真紀の内心を知ってか知らずか……潔はこんな言葉を付け加えた。

「それに……生み出された瞬間に本物と偽物が決まってしまう世界なんて、悲しいじゃないですか」

*

数日前、十二月に入った。つまり真紀がこのカルチャーセンターに通うようになって、丸半年が過ぎたことになる。

数ヶ月前、真紀は小手先の知識でしか生きてこなかった自分を恥じて、教養というものを身につけようと思った。それで結局潔の教えている『日常の中の芸術』を受講することになったわけだが、最近は新たな悩みが生まれていた。

本物と偽物という概念だ。

世の中に幸せそうな人間や成功している人間は数あれど、その殆《ほとん》どはタイミングを計ってアクションを起こしたり、上手くハッタリをかまして生きている。しかし世の中には小賢しいことをしなくても成功が約束されたような人間が確かにいる。それが本物だ。

そして真紀は、本物以外を全て偽物とも思っていた。

真紀としてはその考えの裏付けが欲しくて潔に質問をしたのだが、どうも潔はまた真紀とは違う考えを持っているようだ。

「そんな歳から本物だの偽物だの言ってたら、楽しい青春が台無しですよ。世の中には偽物の方が圧倒的に多いわけですからね」

納得が行かなくて、真紀は教室を出る潔について行った。

「そう言ってもウチからして偽物だからサ、本物を求めちゃうわけ。先生、解る？」

特に勉強やスポーツができるわけでもなく、格別かわいいわけでもないと自覚しているからだ。

「別に自分を偽物と決めつけることはないでしょう」

「気休めはいいって……」

やがて二人がロビーに到着すると、潔がロビーの一角を指差してこう訊ねた。

「あそこに座っている子たち、お友達ですか？」

そう言われて確かめれば、こちらを見つめていたのは先崎桃《せんざきもも》と暮志田千鶴《くれしだちづる》、そして三方公子《みかたきみこ》だった。友達と呼べるほど深い付き合いではないが、まあまあ仲はいい。

「そうだヨ。折角《せっかく》の週末だし、これからお茶しようって約束をしてたんだ」

「仲良きことは素晴らしきかなってね。じゃあ、私は気の進まない事務仕事があるんで」

「そ。それじゃ先生、またネ」

真紀が潔に手を振って別れようとした瞬間、一人の女性が間に割り込んできて、潔の手を取った。

「オー、ミスター・ハニュー！」

突然の握手に潔は戸惑っていたが、彼女は構わずに手を上下に振った。文字通りのシェイクハンズだ。

「あの、ここは日本なんでそういうのやめてもらえませんか、ハウスマン先生？」

彼女はエリカ・ハウスマン。三十前後の魅惑的な美女で、このカルチャーセンターで講座を受け持っている。

実際、同性の真紀から見てもエリカは魅力的で、少し前に始めたラジオ番組を皮切りに、最近はメディアへの露出も増えてきた。いつまでもここで講座を持っているとは限らないから、せめて終わる前に一度くらいは受けておきたいと思っている。

エリカ先生のような人が本物なんだろうな……。

「ところでミスター・ハニュー。大東《おおひがし》コレクションの話を詳しく聞かせてくれない？」

「流石《さすが》はハウスマン先生、耳が早いですね」

潔は苦虫を嚙み潰したような顔で、虚空《こくう》を見つめている。真紀はエリカの前でそんな態度を取る男性を初めて見た気がして、少し驚いた。

「マキちゃん、何してるの？」

こちらの異変に気づいたのか、三人が近づいてきた。

「ああ、ちょっとね。で、なんですか、それ？」

潔はしばらくエリカと他のみなの顔を見比べていたが、やがて観念したのか説明を始めた。

「つい先日亡くなった骨董コレクターに大東正雪《しょうせつ》という方がいましてね。生前の大東さんは役所勤務の傍ら沢山の書画骨董を買い集めていたのですが、そのやり方は徹底してました。必要最低限の生活費以外は全て骨董のローンにつぎ込み、爪に火を点すような暮らしをしていたそうです。食費も光熱費も切り詰めて、それでも足りないと解ると妹さん夫婦の家の離れに居《い》候《そうろう》したぐらいですから」

「でもお酒飲んだり旅行したりするでしょ?」

「それもなかったそうです。何せ、結婚を勧められても奥さんを養うのが勿体《もったい》ないからと言い放った御仁《ごじん》です。仕事を終えて帰宅した後は、離れで蒐集《しゅうしゅう》した骨董品を眺めて過ごしていたそうです」

使ってはいけないお金を使い込んでまで趣味にハマっていることを自慢する駄目人間がよくいるが、正雪の場合は桁《けた》が違う。

「大東さんの死後、残されたコレクションを妹さんがある美術館に寄付することにしまして。その鑑定依頼が私の父親の許に来たという次第です。しかし何せ量が多いものですから、私まで駆り出されまして。しかしその鑑定眼は本物だったようで……」

「でも実際に鑑定してみたらサプライズ! 軽く見積もっても、六億円のバリューがあるって話だったのよね」

真紀も流石に驚いた。地方公務員の生涯年収がいくらになるのか、きちんとした数字は知らないが、まあ三億に届かないぐらいだろうか。そこから生活費を差し引いて残った額の殆どをつぎ込んだとしても、かなり良い買い物をしていることになる。つまり、その大東正雪という人物はそれだけ目が利いたということだ。

「なんで私より先に言うんですか?」

「だってユーの話、まだるっこしいから……エンターテインメントの基本はまず心をキャッチしてから、ね」

「人の人生はエンターテインメントじゃありません！　まったく……」

しかし真紀は、他人にとってエンターテインメントになるような人生を送るというのは何か凄いことのように思える。

「ウチは全然知らなかったけど、さぞかし有名な人だったんだろうネ」

「それが逆なんですよ。彼は自分の集めた書画骨董の類《たぐい》を誰にも見せなかった。何せ長年一緒に住んでいた妹さん一家ですら、大東さんのコレクションの価値を知らなかったぐらいですから」

「え、じゃあ何十年もそんな生活を？」

「そういうことになりますね」

真紀でさえレアなグッズを手に入れたら誰かに自慢する。それが数十万、数百万の価値があるとなれば尚更だ。その欲を我慢するのは並大抵のことではなかろう。いや、そもそも精神の構造が常人とは違うのかもしれない。

「そんな大東さんですが、亡くなった時の状況が不可解で……その謎がどうしても解けないんです」

「え、殺人事件？」

思わず真紀が口走ると、潔は苦笑いしながら首を横に振る。

「二週間ほど前の話です。午後八時過ぎに離れから何かが割れる音を聞いた妹さんが不審に思って中の様子を確かめると、大東さんが痙攣《けいれん》していたんです。妹さんは慌てて救急車を呼びましたが、結局助かることはありませんでした。ただ、早とちりして欲しくないのですが、大東さんの死因はただの脳溢血《のういっけつ》です。外傷もなく、離れに何者かが侵入した形跡もありませんでした。元々ご高齢でしたし、それ自体はおかしいことではありません。問題は割れたものの方でして……状況的に大東さんが割ったとしか考えられないのですが、それがまさかの銀漢天目茶碗《ぎんかんてんもくぢゃわん》でしてね」

ギンカン……テンモク……どういう字を書くのだろうか。

「銀漢というのは銀河、つまり夜空とそこに浮かぶ星のような模様が特徴的な天目茶碗の一種なのですが、製法が失伝してまして今では新たに作ることのできない逸品です。まあ、曜変《ようへん》天目茶碗ほど珍重《ちんちょう》されていないので見過ごされがちですが、現存している十数点の銀漢天目茶碗にはいずれもそれなりの値がつけられてます。大東さんのコレクションの中でも相当高価なものですね」

「そんなもの、普通の人に買えるんですか?」

「いや、大東さんの妹さんによると、彼が子供の頃にたまたま手に入れたものだったようです。しかしあんな逸品は滅多《めった》な偶然でも手に入りません。大東さんにとって運命的な出合いだったのは確かでしょう。格別に大切にしていたようなんですが……だからこそ、ご本人の手によって叩き割られていたことが不可解だったんです」

それは確かに不可解だ。ある意味、命よりも大事にしていたかもしれない逸品を、どうしてそんな風に扱ったのか。

公子が挙手した。

「どうしました？」

「状況的に考えて、大東さんがご家族に助けを求めるために、手近なものを割ったと考えられませんか？　それがたまたま銀漢天目茶碗だったと」

あ、それウチも思いついてたのに！

真紀は公子に先を越された悔しい思いを抑えながら、話に耳を傾ける。

「実はそれは私も考えたんですよ。しかしそれでも説明がつかないことがあります。何故《なぜ》なら大東さんの傍らには、銀漢天目茶碗の贋作《がんさく》もあったんですよ。もしも真作と贋作を選べる状況であれば、贋作の方を投げると思いませんか？」

「もしかして贋作と区別がつかなかった？」

「いいえ。贋作と言っても出来の差は一目瞭然《いちもくりょうぜん》です。あの特徴的な模様こそ真作そっくりですが、肝心の器としての出来は決して良いとはいえず、せいぜい習作ぐらいのものです。大東さんほどの方なら手に取った瞬間、解ったでしょうね」

「そうですか……」

公子の勇み足をいささか爽快な気分で反芻《はんすう》しながら、真紀は別の可能性をすぐに考え始めた。

ひょっとしたら公子に先んずることができるかもしれない。

「ね、なかなかインタレスティングなミステリーでしょ？」

しかしエリカの言葉に最初に同意したのは公子だった。

「こう言っては不謹慎かもしれませんが、面白そうですね。それにもっとちゃんと調べたら解けそうな気がします」

そんなことを言われると、真紀の心の中に対抗心が湧いてきた。

「さっき言ってたぐらいのことならウチも解りそうだけどね」

「あれはただの小手調べ、本腰を入れて考えればもっと面白い推理が出てくるだろうな」

「お、二言はないネ？　ウチの推理に負けても知らないから」

「また始まったよ……」

「不毛な争いはやめましょうよ」

桃と千鶴はもう慣れたのか、半《なか》ば呆れながら二人を諌《いさ》めにかかる。

「じゃあ、こうしましょう。ユーたちが2オン2で推理対決。二週間後のこの時間に、ここで推理を披露し合うの。オーケイ？」

真紀は思わず絶句した。まさか諌める立場の筈のエリカが、火に油を注ぐようなことを言うとは思わなかったからだ。

「メンバーは……はい、このペアで」

エリカは手早く四人を半分に分けてしまった。なんと真紀の相手は千鶴だった。真紀としては相方は利発な桃の方が良かったのだが……。

「判定はどうするんですか？」

公子の疑問にエリカは事も無げに答える。

「勿論《もちろん》、私が決める。面白かった答えはラジオで紹介しちゃおうかな。なんならゲストで呼んじゃうかも」

一方、潔は見たことがないぐらいの渋面《じゆうめん》を浮かべていた。

「あーあー、そういうことになるからあんまり話したくなかったんですよ。私はハウスマン先生のネタ帳じゃないんですから」

「でも先生。ウチはこの対決、やりたいんだけど……」

「羽生先生、私も同じ思いです。どうか協力していただけませんか?」

真紀と公子から同時にお願いされて、潔はとうとう諦《あきら》め顔で両手を挙げた。

「解りましたよ。まあ、私としても気になるのは事実ですから、解いていただけるならありがたい」

晴れて推理対決は成立というわけだ。

「その代わり一つ、条件を出します。二週間後まで何をしてもいいけど、手に入れた情報はなるべくシェアして下さい。抜け駆けで勝者が決まっても、私の望む解答は得られませんからね」

「それでは羽生先生、私たちは大東さんのご遺族に直接お会いしたいと思っているのですが、早速取り次ぎの方お願いできますか?」

真紀は公子に先手を取られたことを理解した。油断していたのもあるが、流石は公子だ。

「解りましたよ。上手く取り次いでおきます。おそらく来週の日曜になるけど、それでいいかな？」

公子は肯くと、隣の桃に笑いかける。

「よし、先崎。捜査会議だ。残念ながらティータイムはキャンセルだな。二週間後の対決を楽しみにしているぞ」

そう言い残して公子のペアはカルチャーセンターを後にした。


発起人のエリカも次の仕事があるとかですぐに去り、ロビーには真紀と千鶴と潔が残された。桃の方が良いと思ったのは本心だ。千鶴は特別頭が切れる訳でもなく、ただ距離感だけで人と上手くやっているだけ……戦力としては心許ない。何より、真紀は千鶴のことを自分と同じ偽物側の人間だと思っていた。

偽物二人が集まって創造的なアイデアが生まれるわけないよネ……。

先手を打たれたのは仕方ない。せめて何か取り戻さないと。

しかしすぐには名案が思いつかないのも事実だ。まずは帰りたそうにしている潔を引き留めなければ。

「凄く失礼なこと訊くけどいいですか？」

真紀がそう断ると、潔は苦笑した。

「年収なら教えませんよ」

「ちょっと神原さん、流石に失礼ですよ」

千鶴に見当違いのたしなめ方をされて、真紀は思わず反論する。

「まだ何も訊いてないし！」

真紀が人に積極的に話しかけるのは距離感を掴むためだ。そうやってこれまでどんなコミュニティでも上手くやってきた。しかし千鶴ときたらいつだって曖昧な笑みを浮かべて様子を見ているだけだ。その癖、真紀が確かめたところには遠慮無く踏み込んで来る。引っ込み思案というのは生来のものかもしれないが、自分から手を出さない狡《ずる》さがどうしても好きになれない。

「そうじゃなくて……羽生先生、エリカ先生と距離取ってませんかネ？」

「なんだ、そんなことですか。まあ、彼女への態度がよそよそしいのは否定しませんよ」

ウチの人間観察力も捨てたもんじゃないネ。

「角が立たないように言い直しましょうか。私が距離を取っているのではなく、他の方が距離を縮めたがっているのです」

「ええと……つまり羽生先生はエリカ先生を何とも思ってないと？」

「平たく言えばそういうことになりますね。勿論、ハウスマン先生のことは嫌いではありませんよ。けれど、別に同僚や友人以上の関係になるつもりはないですね」

「もしかして女の人に興味がないとか？」

「飛躍しすぎです。何でも面白い方に考えるのはやめなさい」

怒られた。

「まあ、これも意味と価値ですよ。彼女は美しい。どんな物言いをすれば人が動くか熟知しています。しかしそれはただの経験則であって、必ずしも相手を見て物を言っているわけではない……解りますか？」

「解らなくもない……かナ」

そうとぼけてみたが、実のところ真紀には痛いほど解った。

日常で接する一人一人に、きちんと向き合うというのはかなり面倒だ。だから真紀は適当に経験則で喋《しゃべ》る。記憶の中から上手くいった会話を思い出して、目の前の相手に通じそうな言葉を投げかける。それが必ずしも良い結果を招くわけではないが、八〇パーセントぐらいは成功するから、真紀自身はそれでどうにかやってきた。

エリカほどになれば、目の前の男性が何を言ったら自分の言いなりになるか解っているだろう。恐ろしい話だが、本物にはそれが許される。

「勿論、そんな言葉であっても彼女の口から発せられただけで価値を感じる人もいるでしょう。しかし私は、もっと手づくりの言葉で語りかけてくれる方が好きですね。それもまた意味と価値が一致する、ということです」

「あの、意味と価値って何の話ですか？」

千鶴がおずおずと訊ねた。そんなもの雰囲気で察すればいいのに、こうやって訊いてしまうのがいかにも千鶴らしい。

「良い質問ですね。ところであなたはパン派ですか、ご飯派ですか？」

潔も人がいいのか、それともこの話題を続けるのが好きなのか、また例の質問を千鶴にしていた。付き合いきれない。

意味だの価値だの前置きをしなくたって、生まれついての本物は確かに存在するではないか。エリカもそうだし、何より公子もそうだ。

お嬢様で頭脳もスタイルも申し分ない。見た目も悪くないし、おまけに文才もあると来た。正直、気に食わない要素しかないが、だからこそ無視できない。真紀はこの対決に負けたくなかった。

しかし公子に正攻法で挑んだら、負けるのは目に見えている。どうにか公子の意表を衝く方法はないか……。

しばらく悩んだ後、真紀の頭に名案が浮かんだ。

「先生！　来週の日曜、ちょっと紹介して欲しいところがあるんだけど……」

＊

当の日曜日、公子は桃と共に和室で件《くだん》の正雪の妹である大東由衣《ゆい》と向き合っていた。

「兄は家の蔵にあった掛け軸や古い壺を、眺めているのが好きな子供でした」

由衣はとても上品な老婦人で、公子たちの「正雪について訊ねたいことがある」という唐突な申し出にも快く応じ、二人を自宅に招き入れてくれた。今はこの家で娘一家と暮らしているそうだが、更に一人や二人加わっても快適に過ごせそうな広さがあった。離れで正雪が暮らしていても、母屋《おもや》にいる人間にとっては大したストレスにはならなかっただろう。

「蔵って、時代劇とかで見るあの蔵ですか？」

桃の質問に由衣は優しく肯く。

「相続の際に土地ごと売ってしまいましたけどね」

その返事で公子には得心が行ったことがあった。由衣が未だに大東姓を名乗っているところを見ると、由衣の夫は大東家に婿《むこ》養子として入ったのだろう。つまりかつての大東家は、それだけの資産家だったということだ。

そして、長男の正雪が大東家を継がなかったことも何となく解った。

「審美眼を養うのはスタートが重要とも聞きます。よほど良いものが多かったんでしょうね」

正雪少年は数々の骨董品に囲まれて育ち、結果目を肥やすことができた。それは生まれた時から公子の家に本が沢山あったのとは、比べものにならないぐらい恵まれた環境だ。

「兄はともかく、私はそういう方面に本当疎《うと》くて……結局、離れ一杯に詰まっていた兄のコレクションの価値も解らなかったぐらいですから」

公子はそこが引っかかった。長いこと一緒に暮らしていれば、正雪がコレクションを大事にしていたことぐらいは解る筈だ。それなら全くの無価値とは思わないだろう。

「あの、失礼ですが、調べようとは思わなかったのですか？」

「ほら、テレビで大枚はたいて買った壺を鑑定して貰ったら二束三文の価値しかなかったなんてこと、しょっちゅうあるじゃないですか」

「あ、あたしよく見てます。その番組」

よくは知らないが悪趣味な番組もあったものだ。要は依頼人の落胆する顔を映したいだけではないか。

「兄が稼ぎの殆どを骨董品集めにつぎ込んでいるのは承知してましたけど、だからこそ万一価値がないなんて解ったら、兄がおかしくなってしまうと思いまして……結局、確かめずじまいでしたね」

それならまあ納得はできる。解らないこそ踏み込まないという選択には、思いやりが感じられた。

「正雪さんが本格的に骨董を集め出したきっかけというのは解りますか？」

「あれは私が八歳、兄が十一歳の頃だったと思います。お正月明けのある日、兄が私にお年玉を貸してくれるように頭を下げたんです。理由を訊くと、骨董屋の軒先で投げ売りされている茶碗にどうしても欲しいものが交ざっていたとかで、自分の小遣いだけでは足りないと。まあ、私のお年玉も大した額ではなかったのですが、兄がそこまで頼むならと渡しました。

小一時間後、兄は埃《ほこり》を被った汚い茶碗を抱えて帰ってきました。兄は私に一言お礼を言うと、一心不乱に茶碗を磨き出しました。するとどうでしょう。薄汚れた茶碗があっという間に輝き始め、夜空に星が浮かんでいるような模様が出てきました。それが皆さんの騒いでいる銀漢天目茶碗ですね。そんな名前だとは最近まで知りませんでしたが」

「へえええ」

桃が心から驚嘆したような声をあげる。声こそ出さなかったが公子も同じ思いだ。

つまり正雪は弱冠《じゃっかん》十一歳で貴重な銀漢天目茶碗を掘り出したことになる。それは高名な古本蒐集家が小僧の時分に、投げ売り同然の本の山から稀覯本《きこうぼん》を拾い上げたのと酷似していた。

「後に兄が語ったことには、破産したお金持ちが銀漢天目茶碗を手放したくないあまり、債権者の目を誤魔化《ごまか》すためにわざと汚し、価値のない茶碗に見せかけようとしたのだろうと。しかしそれが裏目に出て、債権整理の折に二束三文で売り飛ばされてしまったのではないかと」

「こっそり持ち出そうとしたら、後の祭りだったんだね……」

「まあ、私はその話自体兄の都合の良い推理だと思っていたので、長いこと半信半疑でしたがまさか真実とは思いませんでしたね。あ、この話にはまだ続きがあるんです。実は兄が銀漢天目茶碗を買った日、学校のお友達から近所の空《あ》き地で遊ばないかと誘われていたそうです。勿論、兄は骨董屋に行くために断ったわけですが、兄が銀漢天目茶碗を買っている時間、その空き地で不発弾が爆発しましてね」

「え、不発弾って……本当の爆弾ですか?」

桃の疑問に由衣が黙って肯く。

今でも、工事等で地面を掘り起こした際に不発弾が発見されると大変な騒ぎになる。半世紀も前なら今よりも沢山埋まっていただろう。

「結構な爆発で、中には亡くなった子もいました。ですから兄は『この茶碗に命を助けられた』と言って、ますます骨董の世界にのめり込んで行きました。それまではお友達を家に連れてくることもあったのに、以降は全くなくなりましたね」

「凄いラッキーですね。珍しいお茶碗を買えただけじゃなくて命まで助かるなんて。それじゃ、人生変わっちゃいますよね」

桃は素直に驚いているが、公子は冷静だった。

見方を変えれば、人付き合いが苦手だった正雪少年が銀漢天目茶碗の入手と不発弾の爆発を結びつけて、骨董集めにのめり込む自分を正当化したと言えなくもない。

「ただ、あの茶碗が兄の幸運のお守りだったのは事実かもしれません。兄が茶碗のために人からのお誘いを断ると、結果的に不幸を回避することがしばしばありまして……お陰で不慮の事故で命を落とさずに済んだわけです」

それもある種のバイアスかもしれない。家に引き籠もっていたら、悪いことに出合う確率はグッと低くなるに決まっている。

「だからたまに思うんです。あの時、私がお金を貸さなかったら、兄は違う人生を歩んでいたのではないかって」

まあ、幸運のお守り云々は置いておいても、正雪が銀漢天目茶碗に魅了されてしまったことだけは確かだ。優れた美術品は人の人生を狂わせるとは言うが、それを地で行ったわけだ。

「まあ、世間は兄の生き方について色々言いましたが、私にとってはたった一人の兄でしたから。それに私は兄のことが好きでしたし」

どうやら骨董コレクター大東正雪にとって、由衣の存在は必要不可欠だったようだ。

「そういえば残された贋作ですが、どこで買い求めたものかご存じありませんか？」

公子が何気なく訊ねると、由衣は微笑《ほほえ》みながら教えてくれた。

「それは多分、兄が自分で焼いたのではないかなと」

それは意外な証言だった。おそらくはまだ潔も知らない事実だろう。

「定年後、やることがなくて暇になった兄が庭に窯《かま》を置いて陶芸を始めまして。流石の兄もゲートボールや将棋でもやって過ごすのかと思ってたら、また人と会わない趣味を始めて。苦笑したんですが、本人が楽しそうだったから別に止めませんでした」

退職金はあったにせよ、月々の収入はなくなった後だ。以前のようにローンをアテにして骨董品を買うことができなくなって、手遊びに自分でも作る気になったのかもしれない。

「まあそれも三、四年ぐらいしたらスパッと止《や》めてしまいましたね。本人は色々満足したと言ってました。その間、私も割れた磁器の欠片《かけら》を沢山ゴミに出したので、まあ一生分の磁器を焼いたのだろうなと納得しました」

桃は落ち着きなく周囲を見回した。

「そういえば、その蔵に入っていた美術品はどうなったんですか？」

「あれはそれなりの価値があることが解っていたので、まとまったお金を工面するために売ってしまいました。二十年ぐらい前ですね。大東家の資産を相続したのは私でしたし、勝手に兄に譲るのもそれはそれで問題がありましたから。あ……」

突然、由衣は何かを思い出したようだった。

「どうしました？」

「それで思い出しました。骨董商の方に鑑定をお願いするために家に来ていただいたんですが、仕事を終えて帰宅した兄と鉢合わせしてしまったんですね。兄は骨董商さんの姿を見た瞬間、もの凄い剣幕で怒り始めまして。骨董商さんには頭を下げて、また日を改めていただきましたが……あんなに怒る兄は珍しかったですね」

「あの、その骨董商さんと何か因縁《いんねん》があったとか？」

桃の質問に由衣はかぶりを振る。

「いいえ。初対面だったそうです。双方に確認したから間違いありません」

初対面の人間、それも言葉も交わしていない人間に怒るというのは一体どういう訳なのだろう。

「もしかして、正雪さんは売却に反対されていたとか？」

「いえ、売ることは兄にも相談してましたし、兄も『別にいいんじゃないか』と言ってくれました」

それではまるで……骨董商という存在そのものを、嫌っているようにしか思えないではないか。

「正雪さんは他に何か口にしてませんでしたか？」

「激怒しながらしきりに『メアカがついたらどうするんだ』と繰り返してました。私は兄を宥《なだ》めるのに必死で、メアカが何かも訊くことができなくて……でも今となってはいい思い出です」

どこか懐かしそうにそう語る由衣を前に、公子はつい桃と顔を見合わせてしまった。

＊

公子たちが大東家を訪問しているのと、ほぼ同時刻。

「さて、今日は何を作りますか？」

バンダナとエプロン姿の若い女性……草加八重子《くさかやえこ》は真紀たちにエプロンを渡しながら、そう訊ねた。

実際に何か作ってみたいと言った真紀に、潔は初心者でも気軽に作陶体験ができる三鷹《みたか》の窯元を紹介してくれた。ちょっと遠かったが、潔の紹介なら間違いないだろうと千鶴と一緒にやって来たのだった。

この日はたまたまなのか、真紀たち二人の貸し切りだった。

「わたしは取っ手を付けてマグカップにしますけど……神原さんはどうします？」

「折角だからお茶碗にしようかナ。できれば深めのやつ」

調査の一環として作陶を選んだのは、勿論理由がある。どうせ調査内容は後でフィードバックし合うのだ。だったら、向こうのチームに吸い上げられない要素があった方がいい。そう考えて体験面からアプローチすることにしたのだった。

ここで知ったことは共有するにしても、実際に粘土を触って焼いたという体験はそのまま残る。

「承知しました。ではこちらにどうぞ」

手早くエプロンを身につけた二人は、電動ろくろの前に案内された。ペダルを踏むことで回転をコントロールする仕組みのようだ。ここに焼き物の元となる粘土──胎土《たいど》と呼ぶそうだ──を置いて、形を整えていくというわけだ。

そして、ろくろの上には既に筒状になった粘土が置かれていた。塊《かたまり》から始めるのはそれなりに腕が必要なので、今回そこはスキップするらしい。しかしじっくり眺めると、真紀が成形する余地はあまり無さそうに思えた。

「これ、そのまま焼いたら駄目なんですかネ?」

「全然駄目ですね。焼くにはもっともっと薄くしないと。というわけで、まずは壁面の粘土を薄くしていくことから始めます。お水をつけた両手で壁面を挟み込んだら、ゆっくりと上げて下さい。それで粘土は薄くなります。胎土は回転してますから力はそんなに必要ありません。しばらくはそれの繰り返しです。では始めましょう」

八重子は簡単に言ったものの、実際にやってみるとこれがとても難しい。

「あやっ!」

開始五分、真紀は力の加減を間違えてうっかり胎土を崩してしまった。どうしようもなく惨《みじ》めな気持ちを味わっていると、惨状に気がついた八重子が声をかけてくれた。

「大丈夫ですよ。すぐに新しいものを用意しますから。少し待ってて下さいね」

そう言って八重子は真紀の座っていた場所に腰を下ろすと、粘土を練り始めた。これぐらいのことは向こうも慣れっこなのか、また最初からやらせてくれるらしい。

でもやっぱり恥ずかしいナ……。

失敗を笑われると思ってそっと千鶴の様子を窺《うかが》うと、彼女は真剣な表情で粘土に手を当てていた。真紀の粘土が壊れたことなんて意識に入ってもいなそうだ。

真紀は手持ちぶさただったこともあり、静かに千鶴の後ろに立つと、作業の様子を眺める。

「え、なんですか?」

手に水をつけるために作業を中断した千鶴が、ようやく背後の真紀に気がついた。

「……才能あるんじゃない?」

「からかわないで下さい」

しかし千鶴の粘土の壁面は、確実に薄くなっている。見事な手際だ。

いや、誰にだって何かしら取り柄《え》があるっていうし……。

「どうせならウチの分もやってくれない?」

「ズルしないで普通に作ればいいじゃないですか。楽しいですよ」

「なんなら、ウチが代わりに塗るやつ全部やるからさあ」

「どうして一番楽しいところを、譲らないといけないんですか?」

そっちが楽しみだったのか。千鶴のツボが全然解らない。

「だったらコツ教えてヨ」

「そんなの、解りませんよ。わたしだって今日が初めてなんですから」

「そう？」

「ああ、話しかけないで下さい！　もう……歪《ゆが》んでしまいました」

千鶴がとても悲しそうに粘土を見つめる姿に、真紀はほんの少しだけ罪悪感が湧く。だがすぐに助けが来た。

「ああ、慌てる必要はありません。歪んだと言っても上の方だけですから、こうやって上の方を切り取ればすぐに綺麗になりますよ」

そう言って八重子はたこ糸を取り出す。八重子がピンと張ったたこ糸を回転している粘土の上部に当てると、粘土はバターのように切れた。やがて歪んだ部分が除かれると、時間が巻き戻ったかのように綺麗になった。

「今の面白かったし、もう一回歪ませてくれない？」

「自分のでやって下さい！」

「そうですよ。ほら、準備ができました」

千鶴に追い払われ、真紀は新しく用意された粘土と格闘し始めた。

しかし一度壊しているとなかなか慎重になる。力を抜き過ぎてもいけないのは解っているが、今度は全然粘土が薄くならない。まるで大根の桂剝《かつらむ》きを延々とやらされている気分だ。

「お疲れ様でした」

いつの間にか千鶴はもう終わらせていた。泥だらけの手を洗おうと席を立った千鶴が、悪戦苦闘する真紀に気がついた。

「大丈夫ですか？」

「だ、大丈夫だって」

さっきと立場が入れ替わった形になるが、そう意識するだけで猛烈に恥ずかしい。

「手をしっかり合わせてさえいれば問題ない筈なんですけどね……」

そう言われて真紀は粘土から手を引き抜き、水をつけて再度挑戦する。

「こうかナ？」

「……こうです」

真紀の不器用な手つきを見かねたのか、千鶴が真紀の両手を包むようにそっと押さえてきた。

突然のことで真紀は上手く言葉が出て来なかった。

「……あー、こんな感じネー」

「変に動かないで下さいね」

千鶴はからかう調子でもなく、真剣に真紀の手を押さえてコツを伝えようとしていた。

「動かないって。その代わり、これで壊れたら千鶴のせいだかんネ」

千鶴に導かれ、真紀の手が粘土から抜ける。確かにさっきよりはずっと薄くなった気がする。

「もう手を洗ってもいいですか？」

「いいよいいよ。もう解ったしネ！」

その言葉に偽りはなく、すっかりコツを摑んだ真紀は形状を整える工程までノンストップで進んだ。

「では、このまま切り離しますね」

八重子がたこ糸で土台の方をくるりと巻くと、粘土はろくろから切り離された。真紀は八重子に指示されるまま、粘土を持ち上げ、そのままゆっくりと木の台の上に載せた。

額に汗が流れる。テレビのドキュメンタリー番組で見たことがあるが、産婆さんが赤ちゃんを取り上げたような感覚……。

「お疲れ様でした」

真紀は木の台の上のそれをまじまじと眺める。決してスマートな形状とは言い難いが、美味
しくご飯が食べられそうな深めのお茶碗になってくれそうだ。

「へへ……できた」

「上手くできましたね」

「え、自分が先にできたから上から目線?」

「違いますよ。別にこんなことで張り合うつもりはありませんし」

「あっそ」

なんだか気まずくて、真紀は近くにある水を張った大ダライに両手を突っ込む。だが爪の間
の泥を落としながら、真紀の顔は綻《ほころ》んでいた。

ただの粘土の塊が自分の手の中で形を変え、器になったことが純粋に嬉しかった。自分だけ
のオリジナルの作品……と言うより自分にとってしか意味のない茶碗だろうが、だからこそい

い気がした。もしかすると、これが潔の言っていた意味と価値が一致するということかもしれない。

そんなことを思いながら真紀が手を拭いていると、八重子が声をかけてきた。

「このまま乾燥させますから、また一週間か二週間後にお越し下さい。彩色はその時にまた改めて」

「あれ、今日塗らないの？」

思わず問い返す真紀に、千鶴が少し呆れたように言う。

「説明を聞いてなかったんですか？　まず乾かさないといけないんですよ」

「もう塗って焼いたら駄目？」

「水分を抜かないまま焼くと割れちゃうんですよ。一週間でも割れない程度には乾燥させられますが、できれば二週間は乾かしたいところですね」

あまりにせっかちなことを言った真紀に、八重子は優しく説明する。

それにしてもいちいち丁寧《ていねい》な人だ。仕事とはいえ中学生が相手でも真面目《まじめ》にやってくれるなんて……これならば、作陶体験に関係のない質問にも答えてくれるかもしれない。

「そういえば、銀漢天目茶碗を作るのってどう難しいんですか？」

「ちょっと、失礼ですよ」

千鶴にはそうたしなめられたが、折角お金を払って作陶体験をしているわけだし、こういう機会に訊いておくべきだ。

八重子の方を窺うと、別段困惑している様子もなかった。

「大丈夫です。多分そんな質問が来るだろうって羽生さんから聞いてましたし」

そう言われると少しだけバツが悪くなる。潔にはこちらの行動は全てお見通しだったようだ。

「銀漢天目の難しさを説明する前に、まずは一般的な工程の話をしないといけませんね。粘土が乾燥したら、焼く前に釉薬《ゆうやく》というものを塗ります。これは焼き物の色合いや質感を決める重要なもので、釉薬の配合は窯元によっては秘密にしているところもありますね」

まあ、歴史のある窯元もあるだろうし、なんかそういう秘密があるのは理解できる。

「やっぱりそういう伝統のアレって、ウナギ屋のタレみたいに注ぎ足し注ぎ足し作ってるんですか？」

「神原さん！」

またしても千鶴がたしなめる。

こういう優等生ぶるところが嫌いだ。前に出ないならせめて黙ってればいいのに。

「注ぎ足しはしませんよ。それだと配合比率が変わって、色合いも質感もまた違ってしまいますから。釉薬作りでモル計算やゼーゲル式を駆使する方もいますし、どちらかと言うと化学実験に近いですね」

釉薬作りも長年の勘や経験が必要なのかと思ったが、必ずしもそうではないらしい。しかし化学は苦手だ。

「まあ、実際のところ、あの闇夜のような濃紺を出す釉薬の配合は解ってますし、星のような白い点を表現するためにどんな鉱物を砕いて混ぜればいいのかも、大体見当がついています」

「そこまで解ってて作れないんですか？」

「塗り方もあるんですが、まず焼き加減ですね」

焼き加減って……やっぱりウナギ屋じゃないか。

勿論、千鶴が鬱陶《うっとう》しいので流石《さすが》に口にはしなかったが。

「仕上がりの色については焼成《しょうせい》温度が重要になって来るんですが、その釉薬を塗っても高い温度で焼成すると星が輝かないですし、低い温度で焼成すると今度は闇夜の色にならない。それが再現できなかった理由です。普通にやっても、濃紺と白い点は同時には出ないんですよ」

なんとまあ、意地悪なパズルだろうか。

「陶芸でもアイシングとかできたらいいんですけどね」

「クッキーじゃないんだから……」

大人しい顔してすぐ尻馬に乗るんだから。ウナギ屋という言葉を呑み込んだウチが、馬鹿みたいだヨ。

「もっとも、私のアイデアが単に行き止まりというだけで、他にやり方があるのかもしれません。使う粘土、釉薬の成分、塗り方、焼き加減、焼き方……本当に様々な条件が重なって色が決まるんですよ。おまけに、釉薬に使う鉱物の中には酸素と反応して色を変えるものもあります。そこも計算に入れて焼く必要があるわけで……結局は何を焼くにしても試行錯誤の繰り返しですよ」

「それじゃ、頑張れば銀漢天目茶碗も焼けるってことですか?」

真紀の問いに八重子はゆっくりと肯いた。

「何百、何千と試行すればあるいは」

*

昼下がり。大東家を辞した公子と桃は喫茶店にいた。

「なるほど、メアカは目垢か」

公子は件の聞き慣れないメアカという単語を、スマートフォンで用例ごと調べた。

「沢山の人間の視線に晒《さら》された骨董品は目垢がついて価値が下がる、という風に使うらしい」

「え、見て楽しまないの?」

「あの世界の好事家《こうずか》の考えることはよく解らないが、みなで『あれがいい、これがいい』と言い合うのとは正反対の感覚ということだな」

公子はスマートフォンを脇に置くと、アイスコーヒーを口にする。

「うーん。面白い番組や映画に出合ったら、あたしは他のみんなにも見て欲しいけどなー。それについて一杯話したいし」

「まあ、それで作品の価値が下がるなんてことはありえないしな。いや……」

公子の脳裏を厭《いや》な記憶がよぎった。

「ミカちゃん、どうしたの？」

公子はしばらく悩んだ後、桃に自分の過去を教えることにした。

「これは誰にも言うんじゃないぞ」

「そんなに深刻な話とは思ってなかったけど、解ったよ」

桃はぎこちなく首を縦に動かした。

「小学生の頃の話だ。ある作家の本を読んでとても感動したんだ。しかし周囲に読んでいる人間はいない。それでつい魔がさしてネットで感想を調べたんだが……恐ろしいことにどいつもこいつも丸っきり解ってなかった！」

当時の怒りが甦《よみがえ》ってきた。

「ミカちゃん？」

「ああ、失礼。とにかく、全然読めてない人間たちがあの本について、好き勝手言ってるのが許せなかったんだ」

「こう言ったらあれだけど……モンスター読者？」

「まあ、まさにそうだな。何せ、流通しているその本を市場から消すにはどうすればいいのか真剣に考えた。結論は買い占めだが、真面目にそのために必要な金額も計算した。生憎《あいにく》、資産的にどう足掻《あが》いても無理ということを理解し、歯嚙みしながら諦めた」

当時は出版の仕組みが解ってなかったから、買い占めたところで増刷されるだけだということも知らなかった。この若さ故《ゆえ》の過ちは今思い出しても恥ずかしくなる。

「どうやって計算したの？」

「聞きかじったフェルミ推定で、全国の書店の数から流通している冊数を推測しただけだ。今ならもっと正確に見積もれるが……いや、本質はそこではないな。まあ、正雪さんの気持ちも解らなくはないという話だ」

「ああ、自分が一番解っているのなら、他の誰とも交わる必要はないってこと？」

改めて口に出されると面映《おもは》ゆいが、要はそういうことだ。

「しかし趣味というのは難しいな。例えば読書だ。本来、何を読もうが自由なのに、読書家のコミュニティに入ると読んでいる本で格付けされてしまう。だからこそ何をどう読んでいるかが問われる。おそらくは、美術の世界もそう変わらない気がする」

「正雪さんが誰よりも凄い鑑定眼持ってたのに他の人とは交わらなかったのって、そういうところが厭だったせいもあるかもしれないね」

正雪が骨董愛好家のコミュニティに入ったとしたら、どんな扱いを受けただろうか。疎まれたか、尊敬されたか……いずれにせよ、人付き合いの苦手な正雪にとってはストレスにしかならなかったのではなかろうか。

「家にやって来た骨董商を見て激怒したのも、骨董商という人種そのものが嫌いだったせいかもしれないな」

公子がそう言うと、桃は何かを思いついたように「はい」と挙手した。

「正雪さんは、銀漢天目茶碗を誰にも渡したくなかったんじゃないかな」

「ん？」

「自分がいよいよ死にそうだって解って、このままだと嫌いな誰かの手に渡るって気がついたのかも。それで壊そうって決断した……どうかな？」

公子は静かに首を振る。実はその可能性は、公子が既に検討して却下していた。

「自分の死後、誰かの手に渡るのが厭でそういうことをする人間は確かにいる。だがそこまでするなら、コレクションそのものを破壊したっていい筈だ。何せ人生の集大成だ。銀漢天目茶碗が特別な逸品だったにせよ、残りをそのままにして逝く理由にはならない。銀漢天目茶碗だけでなく、もっと道連れを増やすだけの余裕はあった筈だ」

「そう言われると厳しいんだよね……」

そう言って、桃はテーブルに突っ伏してしまった。

「でもこんなことしてても、真実はもう解らないんだよね？」

桃は顔だけ上げて、公子に問いかけてきた。

「そうだな。あの茶碗を破壊した意図《いと》を記した遺言書や日記でも出てこない限りは、そうだろう。実際、私たちが理屈をこねくり回すことにも大した意味があるとは思えん」

「こういう答えのない問題って苦手だな。どんなに上手い答えを出せたつもりでも、なんか試されているような気持ちになるし」

答えのない問題か……言われてみれば今回もそうか。

公子が黙って考え込んでいると、桃が怪訝《けげん》そうな顔で覗き込んできた。

「どうかしたの？」

「いや、奥石《おくいし》先生の一件から答えのない問題には敏感になっていたんだが……お前も私と同じ結論を出したなと思ってな」

「何の話？」

「試されているような気持ちになるって箇所だ。ほら、答えのない問題というのは絶対的な正解がないだろう。故に解答者が試される。解答を強要されている立場なら尚更だろうな」

「いや、ほら……人を試すのは最低のことだって教わったばかりだしね」

桃は微妙な表情になる。先月の一件は桃の中でまだ尾を引いているようだ。

「でもまあ、結果的にそうなっちゃったものは仕方ないよね」

結果的にそうなっちゃった……本当にそうだろうか？

公子は桃の言葉で引っかかったその部分を、よく考え直す。

もしも、この状況が正雪の意図したものであるとしたら……話は大きく変わってくる。

「先崎、もう答えが解ったかもしれない」

＊

窯元からの帰りの電車、真紀は何気なくこんなことを口にした。

「なんかさあ……こういうのっていいネ」

「そういえばこんな風に二人っきりでお出かけするの初めてでしたね」

真紀は反射的に首を振る。別に千鶴との距離を縮めたくて、作陶体験をしたわけではない。

「違う違う！　陶芸の話」

しかし、真紀を千鶴は不可解な表情で見つめる。

「何をそんなに焦《あせ》っているんですか？」

「別に焦ってないし……単に粘土を触るのも悪くないなってだけ」

「でも最初の方は、わたしに代わりにやってくれって言ってませんでした？」

「うるさいなあ……まあ、ウチの方が下手《へた》なのは認めるヨ。けどネ、自分が使いたい形のお茶碗をイメージしながら作ったお陰で、何か物を作る喜びが解ったような気がする」

「わたしも同じです。お陰で三方さんの気持ちも少し解りましたよ。生みの苦しみはあるにせよ、イメージを文字にするのも楽しそうですね」

公子の名前を聞いて、真紀は本来の目的を思い出した。

「それより銀漢天目茶碗のこと考えないと時間とお金が勿体ないヨ。何か思いついた？」

「実際に触ってみて思ったんですけど、やっぱり自分の手を使うと愛着が湧きますね」

「うん。それはウチも同じ気持ち」

ふと真紀は、桃からメールが届いていることに気がついた。本文は「速報　贋作を焼いたのは正雪さん本人」とだけある。

「え、そうなんですか？」

真紀が千鶴にスマートフォンの画面を差し出すと、千鶴はまた何やら考え始めた。

「うーん、大東さんが銀漢天目茶碗を再現しようと思った動機はよく解りませんね。長年骨董品の蒐集を続けて、作陶家と呼ばれる人たちの苦労を少しでも味わってみたくなったんでしょうか」

「あらゆるものを食べ飽きた美食家は、最終的に自分を満足させる一皿を作ろうとするらしいけど……なんかそれを思い出した」

おそらくは、銀漢天目茶碗の大まかな完成形ぐらいは頭にあったのだろう。

「けど、いきなり再現できたとは考えにくいですよね。おそらくは何百回、下手すると何千回も繰り返したんじゃないですか」

「多分ネ」

八重子も、銀漢天目茶碗は試行回数を重ねればいつかできると言っていた。だが逆に言えば、一回や二回の試行で焼き上がったわけではないだろう。

「そしていつ終わるか解らない繰り返しの末に、ついにイメージ通りの模様の贋作を作ることができた……その喜びは今日のわたしたちの比ではないでしょう」

それは解る。素人《しろうと》にしては、という但《ただ》し書きがついたとしても、銀漢天目茶碗を作っただけでも凄いことだ。

「だけど大東さんの鑑定眼は一流、模様はともかく形状は素人の手によるもので、本物と比べたら価値がないことも解っていた」

「そもそも歴史的な価値もないしネ」

「だけど、それだけの情熱を注いだ茶碗です。助けを呼ぶために手近にあった贋作を割ろうとして、できないことに気がついたんじゃないですか」

「もしかして、最後の最後に自分で作ったお茶碗が愛おしくなったってこと?」

千鶴は首を縦に振る。

正雪は眺めるばかりで決して使われることのない茶碗よりも、自分が全てを注ぎ込んで作った茶碗の方がずっと愛おしいことに気がついて、つい本物を投げた、と。

「ま、実際にありそうな答えだネ」

真紀がそう言うと、千鶴は少し得意気に胸を張る。

「何か不満そうですね。わたしが当ててしまってはいけませんでしたか?」

「そうじゃなくてさ……エリカ先生にとって、その答えはあまり価値がないんじゃないかなって」

「どういうことですか?」

「実際に作陶体験までしたウチらは、とっても納得できるよ。でもそうでない人にとってはピンと来ないかもしれないし、何より地味だからネ」

「地味な答えで悪かったですね」

「これが学校の問題だったらマル貰えるよ。けど、エリカ先生はラジオで紹介したいって言ってたからさ。それなりに派手な答えが欲しいんじゃないかなって」

千鶴は首を傾《かし》げる。

「なんで勝ちに拘《こだわ》るんですか？　そこまでラジオに出たいんですか？」

その問いかけで、多少なりとも楽しかった気分が一気に吹き飛んだ。

「……別に本当にラジオに出たいわけじゃないヨ」

「え？」

ただ、一瞬でいいから公子に勝ちたい。そして本物である公子に勝って……その時だけでも本物として認められたい。それだけなのだ。

だが千鶴にそこまで教えてやる義理はない。自分と同様、偽物の癖に本物の存在に焦がれるでもなく、ただ日々を無難に生きているだけの人間に、真紀の気持ちは解らない。

「いいから、一週間かけて答えを練り直すヨ。今日、大東家を訪問したあいつらからの情報も総合してネ。ミカの小説よりも面白い答えを作ろうヨ」

千鶴はしばらく考えていたが、やがて微笑んで「はい」と答えた。

＊

迎えた次の日曜日、講座が終わった後の教室で真紀と潔が待っていると、すぐに二週間前のメンバーが集結した。

「イッツショータイム！　インタレスティングな推理を期待してるわよ」

先攻後攻はコインフリップで決めた。先攻は真紀たちのペア、個人的には後攻の方が良かったが、早く吐き出したかったのも事実だ。

「じゃ、ウチらからいかせて貰うヨ。ほら、千鶴」

「解ってますよ。ええと……正雪さんは脳溢血で倒れた瞬間、自身の命の終わりが近いことを悟ったんだと思います」

「ほほう……」

「死は悲しいことです。だけど悔いの少ない人生を送っていれば、それは受け入れられる気がします。きっと正雪さんも死を受け入れる準備はできていたと思うのですが、そうなると今度は死に方が問題になります」

「ハウトゥーダイ？」

「そうなんです。なにせ銀漢天目茶碗は、正雪さんの命を何度も救って来たお守りのような存在だったんです」

「そういえば不発弾を皮切りに、色々な不慮の事故から持ち主の命を守ったという話でしたね。私は半信半疑ですが」

「でもそういうオカルト、面白くない？」

「実際に銀漢天目茶碗にそんな力があったかどうかは解りません。しかし重要なのは、正雪さんがそうと堅く信じていたことです。実際、例の不可解な行動もそれで説明がつけられてしまうんです」

「そうなんだヨ！」

頃合いと見て、真紀は強引に交代する。千鶴は呆れているようだったが、それ以上何も言わなかった。

「死は受け入れた。けど、傍《そば》には自分の命を救ってきた銀漢天目茶碗がある……これで下手に助かったりしても、病院のベッドから動けない状態になるかもしれない可能性が頭に浮かんだなら、潔くここで死にたいと思ってもおかしくないんじゃないかなってネ。だから絶対に助からないように、銀漢天目茶碗を壊した……これがウチらの推理。どうですか？」

今回の推理は二人の合作だが、コアのアイデアを思いついたのは真紀だ。

「なるほど……コレクターとして最高の状態で死ぬために、お守りのように思っていた銀漢天目茶碗を敢《あ》えて破壊したわけですか」

「最初から意外と面白い推理が出てきてしまって驚いてるわ。これは後攻にはプレッシャーね」

しかし公子は意に介した様子もなく、淡々と話しだす。

「では後攻、いかせて貰います」

「あたし、こういう場で上手く説明できそうにないからミカちゃんに任せちゃうけど。ゴメンね」

「気にするな先崎。それに今はひたすら語りたい気分なんだ。さて、私たちの推理ですが……実のところ、脳溢血で倒れた瞬間に正雪さんが自分の死を悟ったというのは向こうのチームと同じです」

「え、人のアイデアをパクるなヨー」

野次を飛ばすと、公子は苛立《いらだ》った様子で真紀を睨《にら》む。

「お前たちのとは結論が全然違う。文句は最後まで聞いてから言え……話を再開しますが、由衣さんの話によると、正雪さんは鑑定士や骨董商などのいわゆるその道のプロを目の敵《かたき》にしていた節がありました。私たちは、そこにあの凶行を説明する鍵があると見ています」

そういえば桃たちから、家にやって来た初対面の骨董商を『目垢がつく』と言って追い返していたというエピソードを聞いた。だが、そんなに重要な話とは思っていなかった。

「一応、私もプロの端くれですが、正雪さんの気持ちは解らなくもありませんよ。目垢がつくと言ってなかなか品を見せないのも、粗悪品や贋作を掴まされたという悪評を防ぐためだと言えなくもありませんから。売り手にしてみれば、カモがいる限り稼ぎ放題というわけです」

もしかすると、それこそが潔が未だに独立しない理由なのかもしれない。

「プロたちは目垢という不合理な概念で通人ぶったコレクターを縛って、価値をコントロールしていた……正雪さんがそう思っていたと仮定します。それを踏まえた上でこの推理を聞いて下さい。

贋作というものには基本的に対応する真作が存在します。しかしそれは裏を返せば、贋作は真作が失われた瞬間から意味と価値が変わる宿命にあるということでもあります。ましてや、今回の贋作は製法の失われた銀漢天目茶碗、全くの無価値ということはないんでしょう?」

「そうですね。未だに再現に成功していない以上、何らかの価値は認められるとは思いますが……」

潔にしては歯切れの悪い返事だ。

「銀漢天目茶碗の件はともかくとして、今回の寄付で大東正雪の鑑定眼の確かさは衆目の知るところになります。正直、やりづらくありませんか？」

「いわば最強のアマチュアですからね。この道で食べている人たちにとっては、あまり好かれない存在でしょう」

「だから今回の真作を自ら破壊したという逸話が広まれば……残された贋作の方は、あの大東正雪が真作よりも価値を認めた銀漢天目茶碗ということになりませんか？」

「なってもおかしくない……自分の鑑定眼に自信がない者ほど、そう思ってしまうでしょうね。それにバイアスというのは容易《たやす》く眼を狂わせます」

「だから正雪さんは自分の死後、プロがコレクションの鑑定にやって来ることを見越していたんだと思います。もしそれで贋作の銀漢天目茶碗に高い評価をつけるようなら……その人はプロ失格ということになりませんか？」

それは大嫌いなプロたちへの、盛大な意趣《いしゅ》返しということか。

「だから正雪さんは、ただの素人が焼いた拙《つたな》い贋作を珍重するプロたちの姿を想像しながら、真作を壊したんじゃないかと。内心は想像するしかありませんが……きっと愉快な気分で旅立てたでしょうね」

潔は落ち着きなく顎髭を触っていた。

「正直、ゾッとしましたよ。まさか、こんな風に鑑定される立場になるなんて想像もしてませんでしたから」

つまりは鑑定士の鑑定だ。試されるのは好きではないが、こんな試され方をされて恥を掻いたら業界では生きて行けなくなるかもしれない。

「マニアの執念……オウ、テリブル……」

エリカは大袈裟《おおげさ》に怖がっていたが、エリカのような本物でも試されるのは厭らしい。それが真紀には意外だった。

「さて、ハウスマン先生。私は引き分けでもいいぐらいですが……どちらが勝者ですか？」

潔がエリカに促す。エリカはひとしきり悩んで、そして……。

*

気がつけば窓の外は暗くなり始めていた。

エリカは公子たちに軍配を上げた。

「意外だけどあり得そうな真相……こっちの方が好みね」

一応、真紀もエリカから感想を貰った筈だが、既にもうあまり記憶には残ってなかった。

あれからどのくらい時間が経ったのだろう。ただ皆を見送ったことだけは憶《おぼ》えている。公子たちに「おめでとう」とは言ったが、心からのものではない。

「いつまでそうしてるんですか？」

突然声をかけられて振り向くと、千鶴が立っていた。

「いくら日曜日だからって……そろそろ帰る時間じゃないんですか？」

「ウチが自分の時間をどう使っても勝手でショ」

しかし門限が迫っているのは事実だ。真紀は渋々帰り支度を始めた。

「残念でしたね」

千鶴は千鶴なりに気を遣ってくれているのかもしれない。別に千鶴のことは今でもそれほど好きではないが、それでも気遣いは嬉しかった。

「ん？　ああ……こっちこそ駄目なリーダーで悪かったネ」

「仕方ないですよ。エリカ先生の好みまで計算できませんから」

そんなのはただの気休めだ。敢えて言うなら、真紀が公子の土俵に上がって勝負したのが敗因だ。例えば一歩引いて、もっと現実的な解答を用意した方がまだエリカの判定は解らなかったかもしれない。

やっぱり千鶴といるのが厭になって、真紀は千鶴を手で追い払う。

「一人で帰る。先行ってよ」

この二週間、公子に勝とうとはしゃいでいたのが急に恥ずかしくなった。三鷹に足を運んだことも、毎日推理を練り続けていたのも、全部無駄だった。

だから今となっては千鶴と顔を合わせることすら苦痛だ。千鶴の顔を見ていると、ここ二週間の自分を思い出してしまうから。

「神原さん、今度の日曜また先週の続きをやりに行きましょう。もう粘土も乾いてると思いますし」

その言葉のせいで、口中が一気に苦くなった。

「……もういらない」

何も言いたくなかったが、それだけどうにか吐き出すように口にした。

「そんな……あんなに楽しんでたじゃないですか」

それは途中だったからだ。終わってしまった今となってはもう価値もないし、歪《いびつ》な茶碗なんてどうだっていい。

「本物じゃないなら、いらないんだヨ！」

一瞬だって、本物になれると思っていたのが間違いだった。

「一人にしてヨ……」

これ以上千鶴と話していると泣いてしまいそうで、真紀は千鶴を拒絶した。しかし次の瞬間、千鶴は予想外の行動に出た。

真紀の両手を無理矢理合わせると、その上から自分の手で包み込んだのだ。

「ちょ、いきなり何」

真紀は千鶴の意図が解らずに混乱した。

「先週の楽しかった時間を思い出しません？」

そう言われてみてようやく、作陶体験で粘土の壁面を薄くするやり方を教えて貰ったことを思い出した。だがそれにしても唐突だ。

「だから何だヨ」

「エリカ先生から見て、わたしたちの推理は三方さんたちのものに比べて面白くなかったのかもしれません。でも実際に粘土を触って、推理した時間は楽しくありませんでしたか?」

真紀は首を横に振った。手に触れられていると、強がりでも嘘をつける気がしなかった。

「楽しかったヨ。けど……」

「だったら、それでいいじゃないですか。決して無意味なんかじゃありません」

千鶴はそう言って微笑むと、パッと手を離した。

なんだろう。今、とても大事なものに触れたような気がする。勿論、千鶴の手なんかじゃなくて、もっと概念的なものに……だけど真紀の頭では上手く言語化できない。

真紀は思わず千鶴に訊いてしまった。

「……アンタさあ、どこまで解って言ってんの?」

「何がですか?」

「いや、だから……」

千鶴は真紀の顔を曖昧な笑顔で見つめ返すばかりで、肝心なことは口にしようとはしなかった。

その顔、もしかして知ってることを知らないふりしたり、知らないことを知ったふりしたりするためにやってるのかナ……だとしたら、やっぱりこいつ嫌い。

「もういいヨ。なんかどうでもよくなった」

「急にどうしたんです？」

千鶴は真紀を不思議そうに眺める。

「なんでもないって」

真紀をあれほど支配していた本物になりたいという気持ちは、もうすっかり弱くなっていた。別に無理して本物にならなくても、またその相手が本物でなくても、価値ある体験と意味ある時間を共有することはできるのだ。だから本物になることを諦めたわけではないけれど、価値ある体験と意味ある時間に身を置く方法を探した方が、建設的な気がしてきた。

まあ、それに気がついたのが、千鶴と過ごしたお陰というのが厭なのだが……。

「それよりもう帰るネ」

「だったら下の改札まで送りますよ」

「え、いいヨ……なんか無駄足踏ませるみたいだし」

ここから地下鉄の改札までたった五分足らずだが、千鶴はカルチャーセンターの徒歩圏内に住んでいるから地下鉄は利用しない。わざわざ地下の改札に降りてまた上がるのは、純粋にロスではないか。

「わたしにとっては大した距離じゃないですし」

例の笑顔でそう言われて、真紀は気がついた。

真紀が取るに足らないと思っている時間でも、千鶴がそれに意味と価値を認めてくれているのなら……喜んで差し出そうじゃないか。

「……うん。いいヨ」

そう口にした途端、真紀は心のどこかが満たされた気がした。

……ウチはこの気持ちをこれから何度思い返すことになるんだろうネ。

真紀はそんな思いを抱えつつ、千鶴と足並みを揃えて改札へ向かった。

巨人の標本

火曜の六時、小説家奥石衣《おくいしころも》による創作講座はいつも通り始まった。

「では次は釧路《くしろ》さん、原《はら》さんの『ヒモロギ』はいかがでしたか？」

奥石の講座は一つの教室に受講者が集まり、順繰りに感想を言い合っていく合評形式で進められていく。書き手は読み手が何をどう読んだのかを確認し、読み手は作者の意図《いと》を確認しながら、自身の創作作法へフィードバックする……というのはあくまで理想だ。

「あんまりよく解《わか》らないですね。似たような話だったら、奥石先生がこの間発表された『陽炎《かげろう》』の方がしっくり来るんですけど」

原百合子《ゆりこ》の原稿を指さしながら、釧路という中年女性はケラケラ笑う。その様子を三方公子《みかたきみこ》は軽蔑《けいべつ》の眼差しで見ていた。

この創作講座は、受講者は全部で二十名だが、その内プロデビューまで見据えているのは公子も含めて五人だけだ。何せ受講料さえ払えば誰でも受ける権利がある。そういう意味では初心者が書き方を学ぶには最適なのだが、仕組み上、潜り込んでくるただのファンを排除できない。百合子はメガネを外すと、涙でも拭《ぬぐ》うように自分のそばかすを撫でる。そこに彼女の哀しみ諦《あきら》めが見て取れた。

「あの、『陽炎』は読んでないんですけど、似ているというのなら今度読んでみます」

百合子は近代文学を研究している大学院生で、新人賞では何度か最終選考まで残ったことのある実力者だ。公子の眼から見ても、『ヒモロギ』は純文学とSFが融合したかなりの完成度だと思われた。

読解力がないのは仕方ないとして、人へ向ける言葉を選ぶセンスぐらいは身につけられなかったのか……。

「まあ！『陽炎』も読んでないの？奥石先生の講座なのに？信じられない！」

合評を受けている百合子は少し泣きそうになっていた。

「釧路さん、この講座に参加するのに私の本を読んでいる必要はありません。原さんに謝罪して下さい」

「あ……失礼しました。原さん、ごめんね」

「いえ、気にしてないです」

百合子は消え入りそうな声でそう答えたが、教室の空気が最悪になったのは確かだ。こんな雰囲気の中、楽しく合評ができるわけがない。

釧路はこの手の常習犯で、そもそも自分がそこまでひどいことをしているという自覚がない。だから奥石にたしなめられても、毎回同じことを繰り返す。

重苦しい空気の中、熊のような大男が発言する。

「ところで釧路さんは何か書かないんすか？」

堤六郎《つつみろくろう》はまだ二十代半《なか》ばだったが、半年前に突然「作家になろう」と思い立って会社を辞め、今はアルバイトをしながら投稿活動をしている。書く物はひどく暴力的だが、本人はとても気の良い青年であり、そしてプロを目指す五人の内の一人でもある。

やる気がある六郎としては、講座の雰囲気を悪くするだけの釧路に苛立《いらだ》ちを覚えるのだろう。

「なんか気分が乗らなくて。構想だけはあるんだけどね。まあ、いつかペンを執《と》る日が来たら書くっていうか……」

釧路は自分が書けない言い訳を、くどくど並べ始めた。

＊

講座が終わった後、公子たちは教室に残っていた。

「釧路さんは相変わらずだったね」

そう口にしたのは鬼塚理沙《おにづかりさ》だった。

理沙は三十過ぎの主婦で、創作を始めてまだ半年だが毎回熱心に作品を提出し、凄い勢いで上達している。

「あの人、出禁《できん》にできませんかね？　僕、釧路さんの合評受けるの厭《いや》なんですよ」

そう言う三枝勇太《さえぐさゆうた》は、進学校である十常寺学園《じゅうじょうじ》に通う高校二年生。根っからの本好きで、S

Ｆやミステリを授業中にも読んでいるそうだ。まあ、成績はよくないかもしれないが、かなり精力的に執筆している学生ではある。

「けどお金を払ってる以上は同じ受講生だしね……」

「これぱっかりは仕方ないですよねえ」

苦笑する理沙に六郎が同意する。

「まあ、先生は先生で申し訳ないと思ってる筈《はず》です。だからこうやって、特別講座を設けてるわけで」

特別講座は、奥石から与えられたやや厳しめの課題をクリアすることができた人間だけで行われている。勿論《もちろん》、イレギュラーな措置《そち》のため正規の講座に比べて時間はかなり短いが、人数が少ない上に参加者全員が一定のレベルに達しているのでとても濃密な時間を過ごせる。

ここにいると、いつか自分も本当に作家になれそうな気がしてくる。

「それにしても遅いですね、先生」

「ほら、今日は本職の編集さんもゲストで来るって話だったから、迎えに行ってるんじゃないの」

そんな勇太と理沙の会話が耳に入ってくると、急に緊張してきた。何も今日デビューが決まるわけでもないのに。

突然、教室のドアが開いた。奥石が編集者を連れて戻って来たのかと思ったが、入ってきたのはたてがみのような髪と立派な髭《ひげ》をもつ、スーツ姿の紳士だけだった。

その紳士は原稿の入った段ボール箱を机に置くと、挨拶《あいさつ》をした。

「大庵《だいあん》書店文芸第一編集部の信楽《しがらき》と申します」

髪も髭も白いものがかなり交ざっているがよく手入れされており、なんとなく年老いたライオンを連想させた。五十は過ぎていそうだが、正確な年齢までは解らない。

しかし大庵書店と言えば、本好きなら知らない筈のない老舗《しにせ》出版社だ。

「奥石先生はつい今しがた体調を崩されたので、本日の特別講座は私だけで行います。講評まで担当する予定はなかったのですが、仕方ありません」

奥石の身体があまり良くないのは知っていたが、ここ数ヶ月は突発的な休講もなく体調も安定していた筈だ。それが今になって突然、こんなことになるなんて……。

「先生は大丈夫なんですか？」

「あの、私も先生が心配で……」

六郎と百合子が同時に訊《たず》ねると、信楽は渋い表情になる。

「奥石先生はどうしても講評をしたいと言い張ったのですが、念のために病院で診ていただきたくて、私が代理を買って出ました。この段ボール箱も無理矢理取り上げました」

事情は解ったが、奥石本人が断りを入れられないぐらい差し迫った状況だったのだろうか。

「では講評をしていきましょうか。読む時間を三分ずついただけますか。先ほど原稿を受け取ったばかりなので」

信楽はそう言うと、一番上の原稿を手に取りパラパラと捲《めく》り始めた。三分というのは言葉の綾だと思ったが、もしや本気で三分で読む気なのだろうか。

「あの、たった三分で読むんですか?」

百合子が心配そうに訊ねる。

「速読術は心得てますよ」

「そういう話ではなくて……三分だと時間が足りないのではないかなと」

信楽は原稿から手を離す。水を差されて不愉快そうに見えた。

「良し悪しは充分に解ります。本当に良ければ、また読み返せばいいだけの話です」

そう言ってまた原稿読みに戻った信楽に、公子は底知れぬ怖さを覚えた。

「読みました。『紅涙綺譚《こうるいきたん》』、これは三方さんの作品ですね」

思わず公子は立ち上がる。

「はい!」

唾《つば》を飲み込めなくなるほど緊張しているのが、自分でも解った。

公子の『紅涙綺譚』は、人の魂を吸っている限り寿命が尽きない吸魂者《ソウルサッカー》が存在する世界の話だ。主人公で吸魂者の女性・カグアにとって人間は一種の食料に過ぎなかったが、ある時捕まえたセキシュウという青年の魂を吸うことを躊躇《ためら》ってしまう。カグアは自分でもその理由が解らず、ひとまずセキシュウを従者として傍《そば》に置くことによって答えを探そうとする……そんなストーリーだ。これまでの習作とは違って今回はかなり根を詰めて書いたのだが、プロの目にはどう映るのだろうか。

「まだ若いのによく書けています。長命者を描いた作品は珍しくありませんが、設定が面白い」

「ありがとうございます」

「ところで……この主人公はどのくらいの時間を生きているのですか？」

「数百年か、数千年というイメージで書きました」

言ってすぐに、迂闊《うかつ》な返事だったと後悔する。信楽がしているのは査定だ。『数百年か、数千年』なんて曖昧《あいまい》な数字を許してくれる筈がない。

案の定、信楽は失望の色を浮かべた。

「まだ若いあなたには想像がつかないかもしれませんが、人間の神経は生きているだけで摩耗《まもう》します。新しい刺激がどんどんなくなって、世の中に飽きていくんですよ。今の私のようにね。そう思うとこのカグア、精神年齢はせいぜい二十代がいいところですね」

「背伸びをして書いたのか？」と言われているようで猛烈に恥ずかしくなった。

「まあ、変に老成した主人公を作劇の中心に置くよりはいいかもしれませんが、彼女の年齢を考えれば、もっとずっと前にこの問題にぶつかっていてもおかしくないと思うのですが、いかがですか？」

「それは……」

着想元は、肉食動物と草食動物の共存というテーマだった。それをどうにか架空の世界の話にスライドさせて、読みやすいものに落とし込もうとしたのだが、カグアの年齢のことまでは想像が及んでいなかった。

「考えていませんでした」

「話を書くための準備ができていなかった……ただそれだけのこと。次は頑張って下さい」

「……ありがとうございました」

公子は惨《みじ》めな思いで腰を下ろした。前もって言おうと思っていたことは何一つ言えず、自分の不甲斐《ふがい》なさを一方的に指摘されただけ。短い時間なのに永遠のように思えた。

勉強も運動もやればそれなりに褒《ほ》められた。自分には何でもできるのだと、自惚《うぬぼ》れていたところがないと言えば嘘になる。その自惚れを、生まれて初めて咎《とが》められた気分だ。

「それと今回は、合評は抜きにします。私もまだ自分の仕事が残っているので、手早く済ませたいのです」

「僕たち、作者に感想を言おうと全部読んできたんですよ?」

勇太が抗議した。

「それは私が去った後に、本人に直接伝えて下さい。私は興味がないので」

木で鼻をくくったような返事とはまさにこのこと。勇太は原稿を読み進め始めた信楽を、憮《ぶ》然《ぜん》とした表情で見つめていた。

「三枝さんの『スレイヤー・スレイヤー』読みました」

「は、はい!」

勇太は名前を呼ばれて、慌てて立ち上がった。自分の原稿を読まれているとは思っていなかったらしい。

『スレイヤー・スレイヤー』は様々な種族が共存する世界で、闇の種族を殺していく殺戮者《さつりくしゃ》たちに、正義の名の下に誅伐《ちゅうばつ》を下す者を主人公とした痛快娯楽ファンタジーだ。

「着眼点はちょっと新しいですね。このフォーマットなら、勧善懲悪《かんぜんちょうあく》のサイクルによるマンネリにも耐えられるかもしれません」

「はい、斬新なものを目指しました」

「しかし作品との向き合い方が良くない。嫌いな人間を排除したい、好きな人間から認められたいという書き手の願望が剝《む》き出しになっています」

確かに読んでいて、この敵は勇太の通う学校の教師やクラスメイトをモデルにしたのだろうなと解る箇所はあった。だが流石《さすが》に、公子もそれを直接指摘する気にはならなかった。それを遠慮なく口にしてしまうとは……いや、外部の人間だからこそ口にできるということか。

「が、願望充足で何がいけないんですか？　今売れてる本だって、どれもこれもそういう要素ばっかりじゃないですか……信楽さんはそういうの嫌いかもしれませんけど」

「好みではなくても、潜在的な読者がどの程度いるかは判断できますよ。ですから、相応《ふさわ》しい書き手がいればヒット作になると思います。しかし残念ながら、書き手であるあなたの願望が薄いんですよ。例えば学校の成績が良くなったり、あるいは恋人ができて心が満たされたとして、あなたは小説を書きますか？　あるいは嫌いな人間が一人もいなくなったら？」

「それは……」

たった今、嫌いな人間が一人増えたと思うが。

「願望充足が動機だったのなら、満たされた瞬間から原動力は無になります。一方、プロの世界には成功しても、満たされない気持ちを抱えて書き続けている怪物も沢山《たくさん》います。小説技巧の問題ではありません」

「はい。参考になりました……」

勇太の返事を聞いた信楽は、もう次の原稿を読み始めていた。そんな信楽の姿を見た勇太は落胆の表情を隠さなかった。もしかしたらこの場で、プロの編集者に認められるかもしれないと思っていたのだろう。その気持ちは公子も少し解る。

「堤さん」

信楽は原稿を置くと六郎に声をかけた。

「『エゴドライブ』、粗《あら》いですが熱量がありますね。特にバイオレンスなシーンでは、筆が躍《おど》っています。拷問の描写など速読でも背筋が凍る思いでした」

「そこは自信あるんですよ、俺」

照れているのか、六郎は頭をガリガリと掻く。

「というか、そういうシーンが書きたくて小説書いてるみたいなところありますし」

「ああ、納得できました。暴力描写はいい……しかしそれだけです」

「え?」

上げてから落とす、それが信楽のフォームということが、公子にもようやく解ってきた。

「扱われる暴力が、作品のテーマと結びついていないのが致命的です。なんならこの拷問シーンをカットしても、話は成立します」

言われてみればその通りだ。だが、こんなこと講座では誰も指摘しなかった。

「今のところ、人の厭がる顔を見ようと、ガラスを引っ掻いているのと変わりません」

六郎は白けたような表情で信楽を見つめる。

「……そうっすか。ありがとうございます」

ぶっきらぼうにそれだけを言って着席した。決して態度がいいとは言えないが、殴りかからなかっただけマシかもしれない。

しかし信楽は意に介した様子もなく、もう次の原稿を読み終えていた。

「鬼塚さんの『ノーマルデイズ』を読みました。これはあなたの生活を元にして書いた小説ですね」

「はい……」

理沙は既に脅えの色を見せていた。

「何もない生活の何もなさを肯定するストレートさは悪くありませんが……これは日記帳ですね。日記帳に感想はつけられません」

あまりに辛辣《しんらつ》だ。しかし的確でもある。理沙の作品は描写や会話に面白いところがあるものの、基本的には自身の日常の延長で、物語的起伏が存在しない。ただ、奥石がその点について駄目出しをした記憶はない。

「今の世の中、様々な人間が作品を通じて『自分を見てくれ』と訴えています。それ自体は悪いことではありませんが、基本的に、世間は作者の生活に興味がないと思った方がいいです」

「はい。参考にします」

公子は理沙の消沈した声を聞くのが辛《つら》かった。

「最後は原さんの『ヒモロギ』」

百合子はガチガチに緊張しているのが解った。無理もない。この中で一番デビューを切望しているのは彼女だ。もしかしたら、この場で何らかのチャンスが摑めるかもしれない。

「今日読んだ作品の中では、一番作者の力量を感じました。これは最終選考クラスの作品でしょう」

強張《こわば》っていた百合子の顔がほころんだ。

「しかし、ただ上手《うま》いだけです。だから最終選考の壁を越えられない」

信楽が百合子の現状を、奥石から聞いていたのかどうかは解らない。だがそれが、百合子にとって聞きたくない言葉だったのは確かだ。

「読んでいて、作家になりたいという気持ちは感じます。しかしどうして作家になりたいのかが、さっぱり見えてこない。あなたなりの作家性を確立できないと、デビューは難しいでしょう」

「あの……作家性というのは、どのようにすれば確立できますか?」

「難しい問いですが……我々もそれが解れば苦労しませんよ」

「……ありがとうございました。精進《しょうじん》します」

悲痛な表情で引き下がる百合子を、公子は直視できなかった。

信楽はただ居丈高《いたけだか》なだけの人間ではない。長年業界で生きてきただけあって、評価は的確だ。しかし今となっては、釧路の方がまだマシだった気さえする。「正論が人を傷つける」という言葉の意味が、今更のように理解できた。

「おや、まだ原稿がありますね。『巨人の標本』……この作者は相当な慌てん坊です。何せ、署名すらない」

そんな信楽の言葉に公子は思わず周囲を見回す。今回の合評作品はこれで全て出揃った筈だ。実際、公子の手元に『巨人の標本』なんてタイトルの原稿はない。

「こういう応募者はよくいるんですよ。しかし応募要項を守れない人間の原稿は、誤字脱字だらけ、内容も矛盾があったりするのが相場です。まあ、読むまでもないでしょうが……」

しかし原稿をめくってほどなく、信楽は眼を大きく見開いた。

「最初の一ページ、いや一行目から傑作であることを確信しました。こんな原稿、そうそう拝めるものじゃありません。ウチの雑誌に載せたいぐらいだ……あなた方は私をからかっているんですか?」

あまりの豹変《ひょうへん》ぶりに公子は驚いた。

「申し訳ないが、今日はここまでとさせて下さい。私は一刻も早く、この原稿をゆっくりと味わいたい。心当たりのある方はまた改めて連絡して下さい」

公子は慌ただしく出て行く信楽の後ろ姿を、信じられない思いで見送った。

三分あれば全てが解ると言っていた信楽に、ここまで言わせる作品とは何なのか……人が才能に頭《こうべ》を垂れるところを見てしまった。

私の作品であんなことがさせられるだろうか。

公子の胸に鈍《にぶ》い痛みが走った。

＊

『巨人の標本』事件から二日後、公子は神原真紀《かんばらまき》に呼び出された。

待ち合わせ場所のコーヒーショップに行くと既に真紀が座っており、スマートフォンの画面を眺めていた。

「待ったか？」

「別に。あと、これ」

そう言って、真紀は横に置いてあった紙袋を差し出した。

「なんだ？」

「桃《もも》から。これで元気出してってサ」

受け取った紙袋はずっしりと重かった。

食品にしては大きいが……果物か何かか？

袋を開くと中には漫画が詰まっていた。全部同じタイトルであるところを見ると、それなりに長期連載らしい。

「『アースバウンド』、結構出てたんだネ」

「知っているのか？」

「いや、別に通して読んだことはないけど、アニメにもなってる人気漫画だヨ。まあ、小説に疲れたんなら、漫画でもってのはアリじゃネ？」

まあ、『巨人の標本』の事件のせいで、普通の本が手に付かなくなっていたのは事実だ。ありがたく借りておこう。

「んで、例の作者ってもう解ったノ？」

「解らない。ただ、候補者はそう多くない」

「どういうこと？」

「一階に課題提出ボックスがあるのは解るか？」

「ああ、あの下駄箱みたいなやつ」

カルチャーセンターでは、手書きで課題を作成する生徒にも配慮して、課題提出ボックスを事務室の横に設置してある。要は小さい金属製の箱が、沢山繋がったものだ。

「特別講座用の課題提出ボックスは、通常の講座のものと分けていたのだが、場所は定期的に変わる。その度《たび》に、担当者がボックスの番号をメールで教えてくれるんだ」

「ああ、つまりそのメールを受け取っていないと提出のしようがないってことネ。ちなみにその担当者って誰？」

「近松《ちかまつ》さんだ」

「あの人か。なんか頼りなさそうだし、誤送信とかしてたんじゃないノ？」

「それはない。一応、二週間前に送られてきた直近のメールの宛先も確認したが、間違いなく私たち五人にだけ送られていた」

それに近松は創作講座の準備を、これまできっちりやってくれている。近松を疑うのは可哀想だ。

「もっとも、メールを見た近親者が自作を提出した可能性だってあるがな」

だが信楽の反応を見る限り、作者はただの素人《しろうと》ではない。こんなことをせずとも公募に出せばいい。

「でも今時、データ提出の方が早いのになんでわざわざ？」

「いや、これは奥石先生の考えでな。プリントアウトすると作品に責任を持つようになると」

実際、提出前に読み返すとパソコンの画面では気がつかなかった誤字脱字を発見することもある。

「けど、みんなバカだよネ。作者の名前がなかったんなら『自分が書きました』ってすぐに手を挙げちゃえばデビューできたのに」

どうしてこいつは、そんな邪悪なことを思いつくのだろうか。

「できるわけないだろ。まず読んでもいないんだから、内容の話ですぐにバレる」

「なんで？」

「特別講座で講評される作品は一週間前に事務室でコピーを貰《もら》えるんだが、近松さんによれば『巨人の標本』は講座のあった当日に発見されたそうだ」

「まあ、それなりの分量のある作品を当日その場で読めってのはつらいだろうけど……じゃあ、その編集さんがありもしない原稿を読んでたフリをしてたって可能性は？」

「なんのためにそんなことをする？」

「ふがいない書き手たちに発破《はっぱ》をかけたくて、とか？」

「馬鹿なことを言うな」

可能性がなくはないが、その場合奥石もグルということになる。奥石がそんな悪趣味なことをするだろうか。

「じゃあ、奥石先生自身が書いたとか。有名な人が自分の名前を伏せて書くのって割とある話だよネ？」

「なくはないが、だったら私たちにも読ませて欲しかったな」

奥石が完全な新作を書く……もしそれが本当ならこれほど喜ばしいことはない。

「だけどミカじゃないんだよネ？」

「当たり前だ」

「でも、わざと出来の悪い作品を先に読ませた後から、マジの自信作を出す。キマったら最高に格好いいよネ」

「厭味か？」

真紀はそれには答えず、カバンから紙の束を取り出す。

「けどミカの小説、割とよく書けてると思うんだけどネ」

真紀が持っているのは、印刷された『紅涙綺譚』だ。

一時は捨てようかとまで思った作品だが、そんなことをしても書いてしまったという事実は消えない。自ら傷口に塩を塗り込むような思いだったが、真紀に読ませることにした。

「っていうか、なかなかいいヨ。偏差値高そうっていうか、こんな風にそれっぽい文章書ける中学二年生ってなかなかいないんじゃないかナ」

その言葉を聞いた瞬間、妙な安堵《あんど》が押し寄せて来た。できればずっと聞いていたい……そんな感情を自覚した公子は慌てて止める。

「気休めはよせ」

「いやいや、気休めじゃないって。ウチ、最近こういうサイトにハマっててサ」

そう言って真紀が差し出したスマートフォンの画面には、『雲の上のノベリスト』という文字が見えた。

「なんだこれ？」

「小説投稿サイト。それも遊びじゃなくて、書いてる人たちがどんどんプロになっているやつ」

小説投稿サイトというものが存在するのは知っている。しかし公子が今一番読んで貰いたいのは奥石であり、顔の見えない一般読者のためにチューニングする技術も余裕もないと解っていたので、深く知ろうともしなかったのだ。

「今、一番勢いがあるところで色んな人たちが読んでるんだけど、興味ないの？」

「興味がないわけではないが……」

そうか。千や万のアクセスより奥石先生からの言葉が欲しかったんだよな、私は。

「『紅涙綺譚』、もうちょっとタグ付けやすいように書き直せば全然イケるって。設定は吸魂者じゃなくて吸血鬼にして……吸血鬼タグは強いし。主人公も男性にして、従者の方を女性に……いや、男性でもそれはそれで受けそうだネ。強いタグが何個もつきさえすれば、あとは地力があれば勝手にアクセスは伸びてくし。元は圧倒的にいいんだから、ホットブクマとか余裕だヨ」

　真紀の外国語みたいな言葉の連発に面食らったが、聞き捨てならないことを言われたことに気がついた。

「ちょっと待て。タグ付けのために設定を変えるのか？」

「いや、だって読んで貰うためにはそっちの方が早いんだって。下手《へた》したら一日三桁《けた》か四桁の作品がアップされるんだヨ？　いくらいい作品でも、なんのタグもついてなかったら読者だって見つけようがないし」

「大勢の人間に読んで貰うために最適化するのは解るが、そんなことでいいのか？」

「いいんじゃない？　それに人気出てランキング上位になったら『本にしましょう』ってどっかからオファーが来るしネ。そのヒゲの編集さんがどれだけ偉くてもネ、売れたらそれが正義だヨ」

確かに世の中、作品を測る物差しは幾《いく》らでもある。ましてや、わざわざ辛辣な感想をぶつけてきた信楽に付き合ってやる必要なんてどこにもない。

そこまで考えて、公子は真紀が自分を精一杯励まそうとしていることに気がついた。

「……助かった」

「なんだヨ突然」

「私を励ましてくれたんだろう？」

真紀の言葉で、胸の痛みがいささか和《やわ》らいだのは事実だ。

「……なーに、勘違いしてんだヨ」

真紀はストローを咥《くわ》えると、凄い勢いでコーヒーの残りを吸い上げた。

「適当なこと言ってミカのマネージャーになって、プロになったら何パーか貰おうって思ってただけだって。ちょっと顔見てみたらビックリするほど暗かったから、このままだと潰れそうだなって」

「潰れはしない。ただ、どうやったらあの信楽さんを納得させられるのかが解らないだけだ」

「ウチが励ました意味なかったネ！」

真紀の失望も解る。自分を傷つけたものから距離を取るのは何も悪いことではないし、向き合ったところで余計に傷を負うだけかもしれない。

「ウチさー、ミカのそういうところ全然解んないんだよネ。長い目で見た時、ミカはどーせ東大とか良い学校行って良い仕事に就くわけでしょ？　小説って売れるかどうかがギャンブルみたいなところがあるし、こんな不確実なことに夢中にならなくてもいいと思うんだよネー」

「実は私にもよく解らない。ただ、この先どんな成功をしても、この痛みは癒えないということだけは何となく解るんだ」

真紀の言葉が本心から出たものとしても、それはあくまで痛み止めだ。時間が経てば切れるし、過剰に求めれば依存症になる。根本的な治療法を自分で見つけなければいけない。

「そういや、そのおじさんにやり返す方法をちょっと思いついたヨ……タイミング次第だけど」

そんな話をされれば耳を傾けざるをえない。だが、真紀が語った計画は公子には到底思いつかない悪巧《わるだく》みだった。

＊

土曜の午後、公子は『アースバウンド』を返すために、カルチャーセンターのロビーで先崎《せんざき》桃と待ち合わせた。

「どうだった？」

桃の眼は期待に輝いており、『アースバウンド』がかなりお気に入りの漫画であることを窺《うかが》わせた。

「正直、最初はあまり期待していなかったんだが、面白くて二日で全部読んでしまった。少年漫画に抱いていたイメージが良い意味で崩れた。かなり本格的なファンタジーなんだな」

異世界の覗き窓を作るのが上手い。読んでいて紙の裏側に、本当に異世界が広がっているような錯覚を覚えるのだ。

「じゃあ、どのシーンがお気に入り？」

「印象的なシーンは色々あるが……特に良かったのは、十二神将が全員揃った時だな」

主人公に圧倒的な実力差を見せつけて去って行った謎の人物と同格の者が、あと十一人いると解った時の絶望感と高揚感が、あの見開きには詰まっていた。小説で同じことをやるのは、かなりの技巧が要求されるだろう。

「そこなんだけどさ。前に先生のインタビューで読んだんだけど、あのシーン描いた段階ではまだ何も考えてなかったんだって」

「は？」

思わず数オクターブ高い声が出てしまった。

「だから勢揃いのシーンを描いたはいいんだけど、その先、十二神将が何をするかは特に決めてなかったんだよ。で、次の週で頑張って考えたって」

「ん……この漫画は週刊連載だった筈だが？」

「そう。描きながら考えるんだって。あと二十巻、主人公のお父さんも特に死ぬ予定はなかったんだけど、なんか話の流れで殺しちゃったって言ってたな」

考えただけでため息が出てきた。理屈は解るが人間業とは思えない。「片足が沈む前に、もう片足で水面を蹴るのを繰り返せば、水の上を歩けます」と言われているようなものだ。

「だから、あたし思うんだけど、別に大事なことを決めずに書くのは、悪いことじゃないよね」

なるほど、桃が『アースバウンド』を貸してきたのはそれが理由か。

「そうだな。一時の感情で、自分のやり方を全て否定することはなかった。スタイルは人それぞれ、当たり前のことだが気づかせてくれて助かった」

「そう言って貰えて良かった。まあ、まずミカちゃんに『アースバウンド』を読んで欲しかっただけだけどね」

桃の思いやりは充分に受け取った。だが、それと信楽の問いに答えられなかったことは別だ。それならば「敢《あ》えて先を決めていない。書きながら考えるから」と答えるべきだった。そういう意味では、やはりあの物語を書く準備ができていなかったのだろう。

そんなことを考えていた公子の前を知った顔が通り過ぎ、そのままビルを出て行った。

「すまない。ちょっと出る」

公子は桃に断りを入れて、その人物を追う。

「三枝さん」

「ああ、三方さん」

勇太はなんだかバツの悪そうな顔で、公子を見つめる。今日は特に講座もないのだが……。

「三枝さん、今日は何の用だったんですか?」

「実は講座を辞めようと思ってさ」

やはりそうか。あの場にいた人間が筆を折ることは予想していたが、いざ面と向かって言われるとやはり戸惑う。

「もしかして酷評されたからですか？」

「悔しいぐらいあの信楽って人の言う通りなんだよ。僕、学校じゃパッとしないし、他に取り柄《え》もないからせめて小説で見返したくて。小説書く才能って外見とか運動神経とかと違って目に見えないからさ……僕にとっては創作がいい逃避先だったというか」

そう言う勇太はひどく卑屈で、少し前まで自信に溢《あふ》れて合評に参加していた姿は見る影もない。たとえ事実であっても、勇太から自信を奪った信楽が許せなかった。

「こういうこと訊くのもどうかと思いますけど、悔しくはないんですか？」

その問いに勇太は苦笑いを浮かべる。

「悔しいに決まってるだろ。でもさ、信楽さんにどんな小説をぶつけたら負けを認めてくれるのか全然解らなくって。それも何日も結構マジに考えてみたんだよ。三方さん、解る？」

「いいえ」

そんなことがすぐに解っていたら、ここまで悩んだりしない。

「僕も解らなかったよ。で、考えても何も思いつかないから、その間はずっと勉強してたんだけどさ……やってみたら意外に成果があったっていうか。一年真面目《まじめ》に勉強したら、結構いいとこ行けるんじゃないかって」

勇太は突然笑みを浮かべた。楽しそうに自作のことを語っていた時と同じ表情だ。

「勉強ってさ、高い塔を登るようなもんだね。上を見たらキリがないけど、やっていればその分上には行ける。それに比べたら小説は辛い。正解もないし、点数もつかない」

「まるで砂漠の真ん中を彷徨《さまよ》ってるような感じですよね」

「お、上手いこと言うね。まさしくそんな感じ」

勇太はハハハと笑う。

「ほら、僕は高二だし。良いタイミングで怖い大人が引導を渡してくれて本当に良かった」

勇太の顔は晴れ晴れとしていて、本当に小説に未練はなさそうだ。

「小説を書くのもやめてしまうんですか？」

「どうだろう。今はもう全く書ける気がしないけど、例えば志望校に合格して、彼女でも作って……それでも満たされないものがあったら、その時は小説にぶつけてみたいかな。今はまだ解らなくても、将来の自分なら何を書いたらいいのか解るかもしれないからさ」

断筆には違いないが随分と前向きだ。これなら数年後、また勇太がこのフィールドに帰ってくることもあるかもしれない。その時、勇太が書く小説を公子は読んでみたいと思った。

*

「それでは先生方が退場されます。最後に盛大な拍手を」

日曜日の昼、新宿《しんじゅく》の大型書店で公子は暮志田千鶴《くれしだちづる》と一緒に、作家のトークイベントに客として参加していた。

発端は、真紀が信楽のウィッターのアカウントを見つけたことだ。そして信楽がある本の発売記念イベントを宣伝しているのに目をつけ、イベントに参加すればほぼ確実に接触できそうだとあたりをつけたのだった。

「神原はこういうことをさせると本当に活き活《い》きとするな。あの才能が羨《うらや》ましい」

ちなみに肝心の真紀は、学校の用事があって参加できないということだった。それで公子は千鶴に声をかけた。

「神原さんなら将来、探偵になれると思います」

公子は肯《うなず》く。まあ、本人はもっと有益な才能を欲しがっているかもしれないが。

ゲスト作家の退場と共に、イベントは終了となった。他の客は徐々に席を立ち始めている。だが公子たちだけは、根を張ったように動かなかった。

「先生たちのお話、面白かったですね。わたし、帰りに本を買います」

「面白いは面白いが……今時の作家はこういう場に出て来ないといけないのか？」

こうしたイベントが販売促進の一環なのは理解できるが、公子の理想の作家生活は純粋に筆だけで食べていくことだ。

「でも、もしかするとその内、これが普通になるかもしれませんよ」

「どういうことだ？」

「お隣の国だと本屋さんが日本より全然ないから、作家の収入は本の売り上げよりも講演会の方がメインなんですよ」

「そうなのか？」

「……ってテレビの特集でやってました」

はにかみながら千鶴は答える。

まあ、確かに作家の数は増え続けているし、本以外の娯楽だって沢山ある。ＣＤが売れなくてもライブで稼ぐバンドだってあると聞く。作品を売って終わりではなく、体験も売る時代が来ているのかもしれない。

「あ、ちょっと話が変わるんですが、エリカ先生、今度本を出すみたいですよ」

その言葉を耳にした途端、どうしようもなく心がざわついた。

エリカ・ハウスマン。カルチャーセンターで千鶴の通う講座を担当している妙齢の美女だが、どうにも公子はエリカのことが好きになれなかった。

「本って小説か？」

「いや、ビジネス書だって言ってましたけど」

千鶴の答えに深く安堵する。エリカに小説家デビューされて、あまつさえそれが面白かったりしたら、きっと悔しいに決まっている。

「しかし外資系企業にいただけで、ビジネス書が書けるのか？」

「それは解りませんけど、どうにでもなるんじゃないですか？　エリカ先生、自己プロデュース上手いですし」

そうなのだ。数ヶ月前までカルチャーセンターの講師に過ぎなかったエリカも、今ではかなりマスコミでの露出が増えている。この間も何気なくつけたテレビでエリカがゲストコメンテーターとして出演していて、慌ててチャンネルを替えた。

「まあ、下手は打たないイメージはあるが……ビジネス書にしても本を売るのか、自分を売るのか解らんな」

「でも、本を出してても本当に書く才能だけで勝負できてる人って、そういないんじゃないですか？」

そう言われるとエリカのやっていることは間違っていないのだが、何か不愉快なのは感情が先に立つからだろうか。

「……今からせいぜいトークの練習でもしておくか」

「その意気です」

「冗談だ」

「珍しいので乗ってみました」

「そうか」

なんとなく気配を感じて振り向くと、信楽がゆっくりとこちらに近づいてくるのが解った。

「やっぱり……三方さんでしたか？」

そんな風に声をかけてきた信楽に、公子は提案した。

「『巨人の標本』の件で、ちょっとお話ししたいことがあります」

十分後、書店からほど近い喫茶店で公子は千鶴と共に、信楽と向かい合っていた。『巨人の標本』の名前を出せば、結構な確率でこういう状況になると踏んでいたが……まさかこんなにすんなり行くとは。

「実は私たち、『巨人の標本』について何も情報を持ってなくて……だから信楽さんから、お話を伺《うかが》いたかったんです」

飲み物が運ばれてきてすぐ、二人は頭を下げた。嘘ではないが、悪質なことをしたのは解っていた。

だが顔を上げると信楽は激怒するでもなく、二人を見比べていた。

「……もしかしたら作者があなたか、そちらのお嬢さんではないかと期待していたんですが。なかなか都合良く運びませんね」

「思わせぶりなことを言って、申し訳ありません」

「いや、欲に目が眩《くら》んだ私が悪いんです。もしあの作者がこの少女のどちらかだったら、この場で契約書を作ってサインして貰おうと思ってましたから」

「あの、そんなに凄かったんですか、その『巨人の標本』は?」

千鶴が何気ない調子で訊ねる。

「そりゃもう。百枚程度の作品ではありましたが、壮大な物語の序章としては充分過ぎる内容というか……そう、喩《たと》えるならあれは異世界を覗かせてくれるモニターみたいな作品でした。

こう、両手で原稿を持っていると向こう側が見えてくるというか、横や下からも覗き込んでみたくなる作品です」

まだ読んでもいないのに、『巨人の標本』の素晴らしさが解った気がした。

「まあ、モニターを横や下から覗き込んでも意味はありません。しかしそうさせたくなる力のある作品は滅多《めつた》にありません。そしてそういう作品ほど、読み手の想像を喚起させるんです」

手放しの賛辞に、また公子の胸が痛んだ。そして自分の作品を酷評した信楽に、ここまで言わせることができる人物に嫉妬《しつと》した。

「ところで『紅涙綺譚』について質問があるんですが」

「はい？」

唐突な返球に、戸惑いと緊張が同時に来た。

いや、あれから内容について色々と考えた。少なくとも前のような無様なことにはならない筈だ。

「もしかして吸魂者と求婚者をかけているんですか？　つまり、あの二人の関係は疑似的な婚姻関係というか……」

突然、駄洒落《だじやれ》みたいな問いかけをされて狼狽《ろうばい》した。勿論、公子自身考えたこともなかったというのも大きいが、小説の鬼みたいな顔をしていた信楽が、そんなバカバカしいことを口にするとは予想外だったからだ。

「い、いいえ」

「そうですか……考え過ぎでしたね。いや、気を抜くとこんなことばかり気になってしまうんですよ。あの場では敢えて辛辣なことを言おうと思っていたので、我慢できましたが」

「敢えて、ですか？」

「実のところ、あの作品はそれほど悪くない。他の作品も、ウチの新人賞に送られてくるものと比べれば平均かそれ以上の水準だと思います」

嬉しかったが、どうにも複雑な気持ちだ。

「三枝さんは小説を書くのをやめるそうです」

「そうですか……」

信楽は何事かを考えるように、カップの暗い水面に視線を落とす。

「書き手というのは生長の遅い植物みたいなものです。効率的に生長を促すテクニックがないわけではないですが、結局はそれでも生長するのを辛抱《しんぼう》強く待つことに変わりはありません。そしてやがて待つのに疲れるようになると、書き手を急《せ》かすようになるんですよ」

「ですが、何もわざわざ芽を摘むような真似をしなくても……」

「仰《おつしや》る通りです。なので、私のことは許さなくて結構です。だけど心に傷を負うことなく、一切の外圧抜きに傑作を書きあげられるのは天才だけですよ」

また公子の胸は鈍く痛んだ。

才能がないなら、手痛い批判も甘受しなければならないのか……。

「そういえば、私は『巨人の標本』には創作のメタファーを見ました。特に主人公が楽園を抜けることを決意するシーンは、作者の実体験が……」

「あのっ！」

つい制止してしまった。

「私、『巨人の標本』をまだ読んでないので……できれば結末を知らずに読みたいんですが」

信楽は怪訝《けげん》そうに公子の顔を見つめる。

「どうしてですか？　あれから結構時間が経ってますが」

「読む手段がないからです。私たちは『巨人の標本』を受け取ってないので」

なんだこのすれ違いは。

「いや、私はあの時点でみなさん読んでいるものとばかり……」

「私たちは信楽さんの演技を疑いましたよ」

信楽は曖昧な笑みを浮かべてコーヒーをあおり、カップをゆっくりと置く。

「三方さん、創作活動があなたにとってただの気晴らしというのなら読まないことを強く勧めます。ですがライフワークだと感じているのなら、読むべきです。普通の人間なら、自分が小説の神に愛されていないことを思い知らされるでしょうから。もっとも、失恋したからこそ奮い立つ気持ちというものもある筈です」

そう言うと、信楽はカバンから原稿の束を出した。

「『巨人の標本』、あれからずっと持ち歩いているんですよ。この感動を独り占めしたくて。だから編集部の誰にも読ませていないんです。こんなに誰かと語り合いたいのに、矛盾してますよね。念のためにコピーは取っているので、これは差し上げましょう。読むかどうかは自分で決めて下さい」

そして、カバンと伝票を手にして立ち上がる。

「それでは。もうじきイベントの打ち上げが始まるので失礼しますよ」

「あの、お金……」

「お気になさらず。私も話せて良かったです」

千鶴は頭を下げる。公子も一緒にそうしようとしたが、どんなリアクションを取ればいいのか解らず、動けなかった。

「三方さん、あと五年は現役でいます。こんなことを要求する権利はありませんが、いずれ私を刺してくれる作品を送ってくれたら嬉しいです」

「……また必ず」

公子は信楽の背中を見送った。そして信楽の姿が見えなくなるや否《いな》や、隣の千鶴に構わず『巨人の標本』に手を伸ばした。

＊

「あの、三方さん？」

千鶴に声をかけられて、公子はようやく我に返った。

「あ、ああ。すまない」

そそくさと『巨人の標本』を脇に避《よ》ける。読了してしばらくの間、忘我《ぼうが》の境地になっていた。

「どんなお話だったんですか？」

そう乞われて、公子はどうにか要約を試みる。

『巨人の標本』はおおよそこんな話だ。

主人公のナナイは生まれた時から、水に浮かんだ方舟《アーク》という施設で暮らしていた。方舟の住民は生活の全てを厳密に管理されており、ナナイはそれを息苦しく感じていた。だがある日、ひょんなことから自分が近い内に、方舟の定員調整のために間引《まび》かれる運命であることに気がついてしまったナナイは、決死の覚悟で水に身を投げる。

気がつくとナナイは楽園《ガーデン》という場所に流れ着いていた。楽園は広大で水や食料の心配もなく、好きな時に好きなことをすることが許された理想の社会だった。おまけにナナイは楽園の住民たちから稀人《まれびと》として迎え入れられ、何一つ文句のない快適な生活を手に入れる。

楽園の中央には大きな湖があり、その中央にちっぽけな船が浮かんでいた。それがあの方舟だと知った時、ナナイはあんな狭い場所で一生を終えなくて済んだことに安堵した。

しかし無限の楽園などない。あちこち歩き回ったナナイは、やがて楽園が大きな壁で仕切られていることに気がつく。壁の向こうに何があるか他の住民に訊ねてみても、「何もない荒野が広がっているだけだ」としか返ってこない。それどころか彼らは、方舟と楽園について深く考えたこともないらしい。

やがてナナイは方舟での生活も楽園での生活も大差ないことに気がつき、持てるだけの水と食料を背負うと壁を越えた。

一応、きりのいいところで終わってはいるが完結ではない。壁の外に何が待っているのか……一刻も早く続きを読みたい。

「確かにこれには勝てない」

気がつけばまた原稿を捲りそうになる。自分が再読……いや、反芻《はんすう》に耐える作品を書けるだろうか。

「小説って勝ち負けじゃないでしょう？」

「いや、私はこの作者と同じ土俵に立っていない。あらゆる点で私の作品は薄かった」

小説は沢山読んでいるつもりだった。しかしその実、何も読めていないことを思い知らされた。小説とはただ無闇にあらすじを引き延ばしたものではないのだ。

「凄いな。全ての行に意味がある。強烈な美意識すら感じる。残念ながら私にはここまで作り込むことはできない」

そして今、猛烈に『紅涙綺譚』をなかったものにしたくなった。

「あの、もしかして創作講座辞めようって考えてるんですか？」

公子は即座に首を横に振った。

「まさか。まあ、自信をなくしたのは事実だが……私はあの講座で最低限の歩き方を教わっただけだった。たった今、走る方法があることに気がついたのに挑戦しないでやめるのは、勿体《もったい》ないだろう？」

「それはとても良かったです」

今なら信楽の気持ちが解る。この作者に会いたい。会って少しでも話がしたい。

「なあ、暮志田。私は犯人探し……いや、作者探しをやろうと思うんだ」


夕方、千鶴と別れた足で公子はカルチャーセンターの事務室を訪ねた。近松にどうしても訊きたいことがあったからだ。

「あ、三方さん」

近松は公子の顔を見るなり、卓上にあった封筒を引っつかんで立ち上がった。

「はい、『巨人の標本』のコピー。もう持ってる人もいるけど」

なんということだ。別に信楽を直撃するまでもなく、事務室を訪ねれば『巨人の標本』は手に入ったのだ。

「いや、もう持ってますから……それよりもどうして『巨人の標本』がここにあるんですか？」

公子の質問に近松は少し思案すると、やがてこんなことを訊き返してきた。

「……二週間前、提出先のボックスの変更メールが行ったの憶《おぼ》えてる？」

そういえばそんなこともあった。最初のメールが来た当日に訂正メールが来たから特に不都合はなかったが。

「一回目のメールを送ってから、提出先のボックスの鍵がなくなってることが判明してさ。提出されても中身を取り出せないからって、急遽変更したんだよね」

「でもそれが、今回の件にどういう影響が？」

「実はなくしたと思ってたその鍵、この間の火曜の夜に僕のコートのポケットから出てきたんだ。で、念のためにボックスを開けてみたらなんと渦中の『巨人の標本』がね……」

近松さんを頼りないと言った神原の見立ては、そう間違っていなかったのかもしれないな。そんな思いが顔に出ていたのか、近松は慌てて弁解する。

「でも特別講座の参加者の原稿は既に全部提出されてたのを確認してたし、作者名もなかったからさ。結局、その日は配る必要もないだろうってコピーもしなかったんだ」

先日、近松をちゃんと問い質《ただ》していればすぐに解ったことだ。まあ、近松も仕事はしていたし、対応の全てが悪いとまでは言い切れないか……。

「まあ、金曜に堤さんと原さんから『巨人の標本』はないかって言われるまで、忘れてたんだけどね」

前言撤回。この人が全部悪い。

*

月曜日、学校帰りの公子がカルチャーセンターの前を通りかかると、ロビーでエリカと理沙が話しているのが見えた。

待てよ。あの二人に接点なんてあったか？

何かが引っかかったので、公子は中に入って確かめることにした。

公子が自動ドアをくぐると、丁度こんな質問が聞こえてきた。

「ミセス鬼塚は『巨人の標本』を書いてないと？」

「はい……」

突然、エリカが冷めた表情になったのを見た。理沙への興味を失ったのは明らかだ。しかし何故《なぜ》エリカが、『巨人の標本』の話をしているのだろうか。

「あの、ちょっとよろしいですか？」

そう断って公子は二人の間に入る。

「今、『巨人の標本』と聞こえた気がするんですが」

「確かにそう言ったけど……もしかしてユーが作者？」

「違います」

公子の即答にエリカは肩をすくめた。

「それより、どうしてハウスマン先生が『巨人の標本』のことを？」

公子とエリカの間の緊張を察したのか、理沙はただ黙って成り行きを見守っていた。

「つい二日前に『巨人の標本』事件が耳に入ったから、ミスター近松からコピーを貰って。それを付き合いのあるエージェントさんに渡したら大絶賛。本になれば余裕で賞を狙えるレベルだって。だから作者を探してるの」

なんて非常識なんだろう。

公子は唖然《あぜん》とした。近松が迂闊なのは確かだが、こんなことをされると知っていたら拒んだだろう。

「作者不詳とはいえ、講座に提出された小説を外部の人間に渡すだなんて……信じられません。どうせ奥石先生にだって話を通してないでしょう？」

「ホワイ？　お金になるものをそのまま放置する方が、アンビリーバブルだけど」

これはもう価値観が違うとしか言いようがない。

「それよりユーのファンタジー小説も読んだけど、才能あるんじゃない？」

「……ありがとうございます」

嫌いな相手に褒められるとどう反応していいか解らないのだが、素直に礼を言っておいた。

「っていうか……本を出さない？　エージェントさんも絶対に売れるって言ってたし」

「どういう意味ですか」

「ユーがプロフェッサー三方のドーターだから」

一瞬でも、エリカの賛辞に喜んだ自分が馬鹿だった。

「父は関係ないでしょう」

公子の父親は時々テレビや雑誌などに顔を出すから、目聡《めざと》いエリカがそれを知っていてもおかしくはない。

「ユーのファーザー、結構人気あるの。三方セカンドがこんな若くて可愛い中学生って解ったら、内容はともかくみんな買うと思う」

「こんな原稿では、まだ世に出せません」

『巨人の標本』を読んだ後では尚更だ。

「まあ、あれはあれでいいけど……今の時代はね、人気があるから人気があるの。ナーミーン《意味が解る》？」

「いいえ」

「みんな、売られているものの中身にそこまで興味はないの。パッケージや付随するインフォメーションに、バリューを見いだしてるの。例えば私が今度出す本も、作者がエリカ・ハウスマンだというだけで買うでしょう。私のプロデュースで、ユーにも同じことをさせてあげるって言ってるの。悪い話じゃないでしょ？」

どうしてエリカが好きになれないのか解った。エリカは本質的に、人や物にどれだけの価値があるかにしか興味がない。

「まあ、次会う時までに考えておいて」

エリカはそう言うとそのまま外に出て、捕まえたタクシーでどこかに行ってしまった。公子の意思なんてどうでもいいと思っているのが、丸わかりだ。

ふと理沙がポカンとした表情で、こちらを見ていることに気がついた。

「……凄いね、公子ちゃんは。こんな風にデビューが決まるなんて」

「今の話を受けるとは言ってませんよ」

「それでも、そう言われるだけの価値があるんだね。私にはないみたいだから……」

理沙は肩を落とす。

「もう本人がいないから言うけど私、エリカさんにも負けてないと思ってたの」

公子の背を冷たい汗が流れた。確かに理沙は綺麗な女性だと思う。しかしそれは、あくまで「一般人としては」という但《ただ》し書きがつく。

「私ね、物心ついた時からお友達も多かったし、旦那さんも私のことずっと好きでいてくれてたから……信楽さんにああ言われるまで、自分に価値がないなんて思わなかったの」

理沙の眼に涙が浮かんでいることに気がついて、公子は慌てた。

「私、思うほど大した人間じゃなかったんだなって。誰も言ってくれなかったから解らなかったよ」

理沙が自分とエリカにそう違いはないと思っていたのなら、公子からかける言葉はない。しかし、だからと言って黙っているのは人として問題があるというのも解る。

そうだ、ここは一つ暮志田になったつもりで何か言ってみよう。

「あの……自分が見た面白い夢の話だって、人に話すとさっぱり受けなかったりすることもあると思うんです。価値があるとかないとかではなくて、語り口の問題ですよ」

公子は千鶴が口にしそうなことを、咄嗟《とっさ》にトレースできた自分に驚いた。

「そうかもね。ありがとう」

心からの言葉ではなかったが、理沙の涙はもう止まっていた。

「でも『巨人の標本』の作者と比べたら、私に価値はないなって思ったな」

「鬼塚さんも読まれたんですか？」

「さっき受け取ったばかりだからまだ途中。でも、信楽さんがあんなに豹変した理由はよく解ったな。凄い作品。これをコンスタントに書けなきゃプロの作家としてやっていけないなら、私には無理だと思う」

「『巨人の標本』を基準にしたら、色んな作家が廃業しますよ」

「それもそうかも。でもたった今、目標ができたんだ。一度でいい……一度でいいから、読んだ人に信楽さんみたいな顔をさせてみたいの。そんな作品を書いてみたいって心から思えたの。別にプロになれなくてもいいから」

少し前の理沙は平凡な主婦だった。それが今や、ささやかながら強い願いを持つようになった。もしかすると『巨人の標本』は、理沙の人生を変えてしまったのかもしれない。

私にもいつかそんな作品を書けるだろうか……。

理沙は夕飯の支度《したく》があると言ってもう帰った。公子も遅くなる前に帰ろうと思っていたら、封筒を小脇に抱えた六郎がロビーに入ってきた。

「堤さん。どうしたんですか？」

「おう、三方ちゃん。いや、今日は作品を提出しに来たんだ」

「それは……早いですね。いつから書いてたんですか？」

「ほんの三日前ぐらいかな。近松さんから『巨人の標本』のコピー貰って、読んだらすぐに内からこうグワーっと……こうなるとあの信楽ってオッサンに何か言われたのも悪くない時間だったな」

六郎の無精髭と充血した眼が、執筆日数の短さを物語っていた。

「『巨人の標本』、どうでしたか?」

公子は作者かどうかを確かめるには良いタイミングだと思い、水を向けてみた。

「ああ、うん。この作者は上手いよ。滅茶苦茶《めちゃくちゃ》上手い。俺には絶対に書けないと思う。でもそれがどうしたんだよ」

六郎は事も無げに言い放った。

勇太も理沙も心から負けを認めた。公子だって勝てないと思っているが、六郎はまだ屈服していないようだ。公子はその理由が知りたかった。

「堤さん、強いですね」

「バカなだけだよ。ほら、バカなりに実力差があるのは解るけど、どのくらいの差があるのかはよく解らない。だったら『この作者は俺よりも上手い』でいいじゃないか。目に見えないものに必要以上にビビってどうすんだよ」

こんなしたたかさもあるのか。今まで交わったことのない価値観だ。

公子はもう六郎が、『巨人の標本』を書いた可能性は限りなく低いと思っている。六郎の作品には、現実と地続きの生活感がある。勿論、それは自分の体験を上手く小説に落とし込んでいるということなのだが、裏を返せばまだ架空の世界を一から創造できるほどではない。

勿論、これまで公子に見せてきた一切がフェイクという可能性だってあるが、『巨人の標本』を書ける人間が一瞬のサプライズのために、数ケ月も『エゴドライブ』のようなバイオレンス作品を書いて提出し続けるのはどうもしっくり来ない。

ふと、公子は六郎が何故小説を書こうとしているのかが改めて気になった。

「あの、堤さんが小説を書くモチベーションはどこから来るんですか？」

「んー、何から説明したもんかな……」

六郎は何か思案しながら頭を掻く。

「『巨人の標本』を読んで、本物の作品というのは確かに存在するんだって解ったよ。確かに、この世の全ての読者が最高の目を持ってたら、俺なんかに居場所はないけどさ。でも現実はそうじゃないだろ？」

六郎の言わんとすることはよく解る。

「俺が三方ちゃんぐらいの頃に、夢中になって読んでた本を今読むとさ、これがもうつまらないんだ。いや、全部が全部つまらないってわけじゃないけど、なんであそこまで面白がってたのか解らないというか……まるで魔法にかけられてたみたいだ」

「魔法……ですか？」

「魔法は大袈裟《おおげさ》か。あの当時はこう、子供じゃなくなるにつれて、だんだん世界のつまらなさが解ってきて、それでも自分だけは特別に何か面白いイベントと出合いたいって思っててさ。まあ、三枝もそうだけど、冴えない男の子にはそういう時期があるんだよ。解る？」

「いいえ……いや、想像はつきますけど」

「そんなボンクラな自意識にするっと潜り込むのが魔法だ。でもあの当時、そういう本を読んで夢中になった体験は嘘じゃないし、もっと言えば魔法にかけられてたのだって無駄じゃない。あの楽しい時間がなかったら、俺の青春はもっとつまんなかったよ。

でな、今度は俺が魔法使いになりたいんだ。誰かにとっての期間限定の魔法使いでもいいから。それで金が稼げりゃ最高だ」

プロになるということは即《すなわ》ちお金を稼ぐこと……公子にはまだ今ひとつピンと来ない話だったが、同じお金の話をする大人でもエリカと比べれば遙かに好ましく感じた。

「これは根拠がないんですが……多分、堤さんならそういう作家になれると思います」

「ありがとな。じゃあ、俺はこれ出したら帰って寝るわ」

六郎は屈託《くったく》なく笑うと作品を出しに受付に行った。

これで話を聞いていないのはあと一人だが……。

公子は帰り道、「明日、講座が始まる前にお話があります」と百合子にメールを送った。

＊

翌日の五時、センター内の空《あ》き教室で公子は百合子と会っていた。

「それで何の用？」

「実は『巨人の標本』の作者を探してるんですが……」

公子はこれまでの捜査状況――自分と他の三人が作者ではないこと――を説明した。

「それで……完全な消去法にはなるんですが、もしかして原さんが本当の作者ではないかな、と思いまして」

公子がそう言った瞬間、百合子はなんとも言えない表情を浮かべた。

「あの、もし違っていたら本当に失礼だと解ってはいるのですが」

「……そう。実はあれを書いたの私なの」

返事までに妙な間があった。

「どうして署名がなかったんですか?」

「だって……今までの私の作品と全然違うでしょ? 読んで私が書いたものかどうか解るか、確かめたくなって」

一見もっともらしい言い訳だが、公子はそれが嘘だと解っている。何故なら近松は、百合子が『巨人の標本』のコピーを受け取っていたと言っていた。本当の作者ならそんな必要はないだろう。

おそらく百合子は相当追い詰められている。人の作品でデビューしたいと切望するほどまでに。その原因が投稿活動にあるのか、私生活にあるのか解らないが、真の作者が名乗り出なければこのまま百合子のものになってしまうかもしれない。

そんな決着を許せないのは、私の中に『巨人の標本』を自分のものにしたいという暗い欲望が潜んでいるからだろうな。

「本当にいいんですか？」

「何が？　誰も自分が書いてないって言ってるんだから、私しかいないでしょ！」

作者は自分だと言ってしまった以上、百合子はもう後に退《ひ》けない。だから彼女の良心に訴えても仕方がない。

何か別の方向から攻めなければ……。

そう考えた時、公子は作者が署名をしなかった本当の理由に思い至った。

「……原さんがそう仰るならそれでも構いません。きっと『巨人の標本』は原さんのものとして認められるでしょう」

「だから、私が作者だって言ってるでしょう」

「……『巨人の標本』の作者が署名をしなかった本当の理由が解りませんか？」

百合子は急に黙った。公子の答えを無視できなかったからだろう。

「あれを書いた人は、自分以外の人間には続きが書けないと思っていたんですよ」

『巨人の標本』は百枚程度の作品、あれだけでも雑誌には載せられる。だが本を出すには続きを書かないといけない。あの『巨人の標本』と同等のクオリティのものをもう百枚か二百枚……公子は何年、時間を与えられても完成させられる気がしない。しかし本当の意味で、この作品が自分のものだと証明するにはそれが必要なのだ。

「本当に原さんに書けますか？」

自分でもキツいことを言っているのは解っている。それでも言わなければいけないと思ったのだ。

「……書けるわけないじゃない。私にあんなの書けないってアンタだって解ってるでしょ！」

そう言いながら百合子はその場にくずおれた。

「この数年、文学の研究をしながら作家をやれたらって思ってずっと頑張って来た。けど現実は研究者として大学に残るには才能がないと解ったし、小説の方はずっと最終選考止まり。それに小説ばっかり書いてたせいで、私にはロクに友達がいないし、恋人だってできたことがない……私には小説の他に何にもないの。なのに作家性がないって言われて、どうしたらいいのか解らなくなったの」

「原さん……そんな筈ありませんよ」

「気休めはやめてよ」

「でも私は今、初めて原さんの中身を見た気がします」

百合子が信じられないという顔で、公子を見ていた。

「私が作品を通して知っていた原さんとは全然違うというか……そういう生々しい感情があるなら、どうして作品に込めないんですか？」

「どうしてって……自分のみっともない面なんてわざわざ書かないでしょ」

「だけど……そこも込みで作者じゃないですか。いや、そういうところから作家性が生まれるのかもしれません」

知ったような口を叩いた自覚はある。だが百合子は激昂《げっこう》することもなく、ただ「ちょっと一人にさせて」とだけ呟《つぶや》いて、膝を抱えてしまった。

＊

これで作者候補が消えてしまった……。

空き教室に百合子を一人残し、公子はいつもの教室へ向かう。

だがその瞬間、公子の脳裏に閃《ひらめ》くものがあった。

近松は先週の火曜に『巨人の標本』に気がついたと言っていた一方で、金曜に堤たちの問い合わせがあるまでコピーはしなかったとも言っていたではないか。つまり提出された原稿のオリジナルは、ずっと近松の手元にあったわけだ。

それでは信楽が持って来た『巨人の標本』はどこから現れたのだろうか。あの時、信楽は特別講座に来る直前だった奥石から、段ボール箱を取り上げたと言っていた……では『巨人の標本』はその時点でもう段ボール箱に入っていたということになる。

つまり奥石先生以外には不可能だった……。

裏付けもある。課題提出ボックスの番号の変更を告げるメールが送られたのは、特別講座を受けている五人だけだった……おそらく奥石は、提出ボックスの変更を知らなかったのだ。おまけに、近松の仕事は原稿を集めてコピーするだけだ。講師の奥石にわざわざ教える理由もない。

きっと奥石は特別講座が始まる前に受講者全員に、『巨人の標本』のコピーが行き渡っていると思っていたに違いあるまい。

しかしどうして先生は、これを私たちに読ませようと……。

特別講座のメンバーにとって『巨人の標本』が劇薬になるとは奥石も解っていた筈だ。トータルでは良い変化を与えたかもしれないが、筆を折った勇太や剽窃《ひょうせつ》の一歩手前まで行った百合子が出てしまった以上、カルチャーセンターで教える講師としては相応しくない判断だろう。

それとも才能の芽吹きすら待つ余裕がないほど、具合が悪いのだろうか……。

一度確信を得ると、思いは膨れ上がっていった。そしてどうしようもなく確かめたくなった。

教室に着くと、そこには見知らぬ少女がいた。着崩した制服に茶色く染めた髪、そして言い訳がきかないほどの化粧、公子が普段触れ合うことのない人種だ。

少女は公子の姿を認めると、フレンドリーに微笑《ほほえ》みながら声をかけてきた。

「キミ、ここの生徒?」

「そうですけど……」

公子の不審の視線に気がついたのか、少女は自己紹介をした。

「アタシ、市垣《いちがき》タオ。中二」

同じ歳?　高校生でなく?

公子は自分の見立てが狂ったことに動揺してしまった。

「……私は三方公子。同じく中学二年生だ」

「そっか。三方ちゃんね。ヨロシク」

タオはそう言いながら、公子の手を取って上下に振る。

「君はこの教室に何の用が？」

「キミ、誰にでもそういう話し方してるの。ウケるー」

タオに親指を突き出されたがこれは褒められているのだろうか。ノリは合わなくとも真紀とはまだコミュニケーションが通じた。正直、文化が違う。

「いや、学校帰りにおばーちゃんの顔見に来たんだけど……ここだよね？」

「おばーちゃんというのはつまり……君の祖母がここに通っていると？」

公子は受講者たちの顔を思い浮かべるが、生憎《あいにく》孫がいるような年齢の者に心当たりはなかった。

「違う違う。おばーちゃんはここで教えてるの」

「ああ、奥石先生のことか」

一瞬、納得しかけたが、すぐに妙なことに思い当たる。

「待て、奥石先生はご結婚されてたのか？」

奥石が既婚者だったとは知らなかった。いや、それ以前に奥石のプライベートはそもそも謎に包まれていた。もし結婚していたとしてもおかしくはないが……。

タオも気まずそうな顔で公子を見ている。

「あ、これ言っちゃいけないやつだっけ？　忘れて」

「いや、そんなことを急に言われても都合良く記憶喪失にはなれない」

「だったらオフレコで」

「解った。黙っていることならできる」

公子がそう言うとタオはニッコリと笑う。

「良かったー。おかーさんに怒られるところだったよ。今はあの二人も仲直りしてるからさ。昔は自分よりも小説を選んだ裏切り者って怒って、長いことおばーちゃんのこと嫌ってた癖にね」

それだけで何となく奥石の家族事情は察せてしまった。

奥石のエッセイ集はそれこそ何度も読んだが、夫のこと、子供のことは一行だって触れられていなかった。おそらくはデビュー前後で結婚生活が破綻《はたん》し、彼女の娘は別れた夫に引き取られた。それから色々あって家族を持った娘と和解し、孫とも触れ合えるまでになった……。

それなりに精度の高い予想だと思うが、立ち入ったことを訊ねてまで知りたくない気持ちがあった。好きな作家のことならプライベートも全て知りたいというファン心理は理解できるが、やはり公子はどこかで線を引いておきたかった。

ひとまず今はタオが奥石の身内という事実だけで充分だ。

ふと、公子はタオから『巨人の標本』の手がかりを得られるのではないかと思った。

「そうだ。市垣は『巨人の標本』って小説について先生から何か聞いてないか？」

そう訊ねた途端、タオは目を丸くした。そればかりか赤面して、公子の顔を眺めている。

「どうした？」

「もー、なんで三方ちゃんが読んでるワケ？」

「知ってるんだな？」

思わず詰め寄ると、タオはバツの悪そうな表情でこう告げた。

「アレ書いたの、アタシなんだけど」

公子は息が止まりそうなほどに驚いた。自分と同じ歳の少女があの『巨人の標本』を書いたというのだろうか。

「本当なのか？」

タオは肯くと、少し恥ずかしそうに訊ねる。

「……どうだった？」

「そうだな。何から話していいものか……」

公子が『巨人の標本』をどう褒めたらいいのか思案していると、タオは首を強く横に振った。

「いや、やっぱりいいや！　聞くのコワいし」

そんなタオの姿は想定していた作者のイメージとは大きくかけ離れていたが、彼女が赤の他人の書いたものでここまで恥ずかしがれるとも思えない。

「解った。作品については何も言わないから、せめて書いた経緯を聞かせてくれ」

タオは何かを思い出すように天井を眺めながら、語り始めた。

「何ヶ月か前におばーちゃんが倒れて、病院に運び込まれてさ。付き添いで来たアタシとおかーさんはおばーちゃんが目を覚ますまで待つことになったの。でも待合室も暇でさ、折紙でもあったらツルを沢山折ったんだけどそれもなくて、仕方なくスマホで何か書いてみようかなって思ったんだ。おばーちゃん作家だし、ツルよりは小説の方がいいかなって」

「それまでに小説を書いた経験は？」

「まさかぁ」

タオは首を横に振る。

「しかしそれでどうやって書いたんだ？」

「まず近くにあった新聞を適当に開いたら、巨人と標本って言葉が目に入ったから、それで『巨人の標本』。で、巨人の標本ってタイトルから連想ゲームしてみて……あんな始まりになったんだよ」

「たったそれだけのことであれが書けてしまうのか？」

もしかして文才は遺伝するのだろうか。だったら現時点でもうタオと自分の間には埋めようのない実力差があることになる。そう思うと胸がざわついた。

「最初は短かったんだよ。でもおばーちゃんったらスッゴく喜んでくれてさ。それならもうちょっと頑張ろうかなって、空いた時間に書いてたら結構な長さになってて……自分でもビックリしてる」

「つまり不定期連載であれを書いたわけか……」

「そんな大層なもんじゃないって。その都度おばーちゃんに送ってるから、後で『あれ、ナシね』ってのもできないし、意外と難しいよ」

「いや、それは実質的に一発書きなんだが……」

「別に時間さえかければどうにかなるよ。それに塵《ちり》も積もれば……なんだっけ？」

「山となる、だ」

「そう、それ。いやー、アタシあんまり頭良くないからさ。賢い子に憧れちゃうよ」

なんだか眩暈《めまい》がしてきた。タオの制服、おそらくは公立中学のものだ。実際、学力は公子が勝っているだろう。だが少なくとも『巨人の標本』を読む限り、描写や言葉のセンスに関してはタオは公子の遙か上を行っている。

「その語彙《ごい》力や表現力、どうやって身につけた？　やっぱり読書か？」

「ううん。アタシ、あんまり本読まないし。集中力がもたなくて、なかなか最後まで読み通せないんだよね。まあ、おばーちゃんの本ぐらいはいくらか読んでるけどさ」

「嘘だ。それでこの文章が書けるのか？」

「なんだ、そんなの本棚に差さってる本を適当に開いて、『あ、今のイメージにぴったり』って思った文章を真似するだけだよ。簡単でしょ？　まあ、自分でもたまに意味が解んない文章とかあるんだけど、雰囲気イケてそうならいいかなって」

もう言葉が出て来なかった。それならば確かに語彙力や表現力が中学生レベルを超えていることにも納得できる。しかし、そんなパッチワークみたいな芸当は公子にはどうやってもできそうにない。というか、創作講座に通っている誰にもできないだろう。

認めたくはないが、つまりはタオにセンスがあるということだ。

「なんかの参考になった？」

「いや、全然……」

「だよねー。自分でもなんで小説書けてるのか解んないし」

ズブの素人にこんなものが書けるのなら、この創作講座には何の価値もないということになる。

「でも、別にプロになるわけじゃないし、おばーちゃんが喜んでくれてるならそれでいいんだ。おばーちゃんがアタシの小説読んでさ、『続きが気になるから完結するまでは死ねない』って少しでも思ってくれたら……本当に長生きしてくれるかもしれないじゃん？」

最早《もはや》何かを訊ねる気すら失せていた。

ここの受講生の中には、好きなことを仕事にしたくて頑張っている者たちがそれなりにいた筈だ。だが、この世には好きな人に喜んで貰いたいという気持ちだけで、傑作を書けてしまう人間がいるなんて……。

「三方ちゃんはどうやって書いてるの？　頭良さそうだし、キッチリしたの書けるんだろうなー」

そう言われて悪い気はしない。公子は自分の創作論を開陳しようとしたが、すぐに思い直す。

「いや、私も似たようなものだ。理論はまだよく解らない」

方法はどうあれ、タオが『巨人の標本』を書いてしまったことは認めている。けれど、生まれ持ったセンスだけであれを書けてしまうタオが、何かしらの理論を身につけたらどうなるか……もしも恐ろしい怪物を誕生させてしまったら、公子は二度と立ち直れないだろう。

勿論、そんなことを知る由もないタオは屈託無く笑う。

「そっかー。まあ、プロじゃないし、そんなもんだよね。おばーちゃん、よく書き方なんて教えられるなあ」

そう言いながらタオはスマートフォンの画面を見る。

「あ、友達から呼び出しだ。やっぱり今日は帰るね。おばーちゃんによろしく！」

慌ただしく出て行くタオを見送りながら、公子の胸には何とも言えない感情が渦巻いていた。タオはプロ志望でもないのに、とんでもない傑作を書いてしまった。ならば……才能で遙かに劣る私がプロを目指す意味がどこにあるのだろう？


その日、教室に姿を現した奥石は普段と変わらない様子だった。病院に行ったというから相当な重症なのかと思っていたが、一見した感じではとても元気そうだ。

だが、タオのような少女が傑作を書き上げるポテンシャルを秘めていたぐらいだ。何事も見た目通りとは限らない。

「奥石先生、ちょっとよろしいですか？」

講座が終わった後、公子は一人で後片付けをしていた奥石に意を決して話しかけた。

「どうしました、三方さん？」

「あの……『巨人の標本』の原稿は奥石先生が持ち込まれたんですよね」

公子が訊ねると奥石は少し驚いた表情を浮かべた後、ゆっくりと肯いた。

「……そうね。もっとも私が書いたわけではありませんが。ただ、信楽さんには少し悪いことをしましたね。悪役を押しつけておいて、『巨人の標本』については何も教えていなかったから……でも病院に行ったのは本当。あそこだけはアクシデントだったたの」

悪役……つまり信楽のあの振る舞いは、奥石の意思だったということになる。喫茶店でそのことを言わなかったのは、信楽の義理堅さ故《ゆえ》か。

「先生は何故、こんなことをしたんですか？」

「三方さんは、人生が限りあるものだと意識したことはありますか？」

「……頭では解ってますが、まだ実感はありません」

「あなたはまだ若いから仕方ありませんが、実のところそれを強く認識している人間というのは、大人でも決して多くはありません。私だって病気がなければ、終わりを意識しなかったでしょう」

今日明日の命ではないと聞かされているとはいえ、奥石の言葉はあまりに重い。

「限りある人生に感謝しながら日々を精一杯過ごす……言うのは簡単ですが、私たちは危機が迫らないと、自分について真剣に考えられない生き物ですから。そういう意味では『巨人の標本』と出合えて良かったです。読んでいる間中、心に焦《あせ》りが広がり続けて、まだ書かねばならないという気持ちが湧いてきました。それで、みなさんにも同じ焦燥感《しょうそう》を共有して欲しかったんです」

「先生……」

「小説を書く動機は人それぞれ、向き合い方も人それぞれです。しかし、ボンヤリと過ごしているだけでは辿《たど》り着けない境地があります。そしてそれは、言葉だけでは決して十全に伝えられない……」

それで先生はこんな強引な手段に出たのか……。

そして奥石は公子を試すように、こんなことを訊ねた。

「三方さん、あなたの創作活動には限りある人生を費やす価値がありますか?」

*

私は何故小説を書くのだろう……。

奥石と別れた後も公子は考えていた。

奥石は答えをその場で求めなかった。おそらくは人にその答えを聞かせられるかどうかではなく、自分自身が納得できる答えを持てるかどうかということなのだろうが、肝心の答えが上手く言語化できない。

「ハーイ」

突然、不愉快な声で現実に引き戻された。

「ハウスマン先生」

エリカは公子の都合にお構いなしに近づいて来る。

「ところであれ、本にしたいって話が来てるけどいい？」

『巨人の標本』を書いたのは夕オだ。そんなことが許される筈がない。

「あれは人の原稿です。勝手に載せたら後で訴えられますよ」

だがエリカは、大袈裟にかぶりを振って否定する。

「違う違う。『巨人の標本』が駄目っぽいのはもう把握してるし。『紅涙綺譚』だっけ？　ユーの書いたやつ。早く続き書いてよ」

やはりどんな相手であれ、面と向かって続きが読みたいと言われると心が揺らぐ。

「ほら、頭の硬いおじいさんに貶《けな》されたぐらいでめげないの。本を出したら確実に売れるから。そしたらマネーも入ってくるし、ファンからは褒められる……いいことずくめでしょ？」

エリカの言いたいことは解る。しかしそんなことで傷が癒えないのは、真紀にも言った。

「私は『紅涙綺譚』の出来に納得がいかないので、あの続きを書くかどうかは解りません」

「じゃあ、別のでもいいから。一ヶ月あれば余裕でしょ？」

軽く言われてムッと来る。完全に小説を書かない人間の発想だ。なんでこんな人間に、面白いかどうかなんて判断できたのだろう。

「そういうことではなくて……今度は納得いく作品が書きたいんです。それが完成するのが一ヶ月後か一年後か十年後か解りませんが、ハウスマン先生の期待には添えないと思います」

だがエリカは半笑いで肩をすくめた。

「後悔しない？　もしかしたら誰かさんみたいに一生デビューできないかもよ」

「原さんのことですか？」

「さあ？」

エリカは答えなかったが、百合子を嗤《わら》ったのは明らかだ。

エリカは小説を金銭的価値でしか計れない。いや、それどころか全ての尺度に金銭的価値が絡んでいると言ってもいい。だけど、そんな人間に値踏みされたくはない。

「正直、プロの作家になりたいという気持ちはあります。ですが今、私は自分のスタンスに疑念を持っています。こんな形でデビューしたら間違いなく後悔するでしょう」

「ホワーイ？　売り時を逃したらあとは下がるだけ……今しかないと思うけど」

なるほど、今自分を最高に高く売っているエリカが言うと説得力がある。きっとこんなチャンスは二度とないだろう。それでも、公子はエリカのような価値観が受け入れ難かった。

「どうしてそこまでして自分を売らないといけないんですか？　金銭的な価値にそこまで意味がありますか？」

他人の価値観に文句をつけてもロクな事にならないと解ってはいたが、つい一線を越えてしまった。エリカの様子を窺うと、その顔からはいつもの華やかさが消え、硬く強張っていた。

公子にはそれは人間が怒る前の兆《きざ》しに見え、思わず身を縮めてしまった。

だが次の瞬間、エリカはいつものように微笑む。

「……やーめた。この話はナシ。じゃあね」

そしてエリカは公子に背を向けて、颯爽《さっそう》と去って行った。離れていくエリカを見て、公子は自分が大きなチャンスを手放したのを強く自覚した。途端に不安で心が寒くなる。

もしかすると将来、新人賞に落ちる度に今日のことを思い出すのだろうか。

公子は弱気を払うように首を横に振る。

私はこの歳にしては書ける方だと思っていたが、タオとの邂逅《かいこう》でその自惚れは完全に砕かれた。だが彼女のお陰でヒントを掴むことができた。

タオが奥石先生を喜ばせるために『巨人の標本』を書いたというのなら、私はまず自分自身を喜ばせられる作品を書いてみせる。それが世間から求められるような作品になるとは限らないけれど、私が喜んでいる限り私が筆を執る意味があるではないか。

どうやったら自分が喜ぶのか……公子はそんなことを考えながら、帰りの一歩を踏み出した。

かくも長き別れ

「ありがとうございます。実はタブレットを無くして、とても困っていたんです。拾って下さって助かりました」

人は自分に害を為《な》した人間を、心から許すことができるだろうか。

わたしは人間ができてないから、口では許してもずっと恨んでると思う。

千鶴《ちづる》はそんなことを思いながら、エリカが泥棒を許すところを口を開けて見ていた。

「あ、あの、俺……」

「何も言わなくて結構。タブレットは手元に戻ってきましたし、私としてはそれ以上何かを求めるつもりはありません」

泥棒を許すエリカを見て、千鶴はまるで聖女みたいだと思った。

そしてエリカがどうして泥棒を許したのか……自分にも同じことができるようになるだろうかと、とても気になった。

エリカ先生からは、学校が教えてくれない大事なことを沢山《たくさん》教わりました。特にわたしは気を抜くと流されるように生きてしまうので、エリカ先生みたいな自分の意志を通す生き方にとても憧れたんです。

今でも日々困った時、先生ならこんな時どうするかって考えてしまうんです。するとわたしの中のエリカ先生が教えてくれるんです。勿論《もちろん》、わたしには鈍《どん》くさいところがあるので、毎回上手《うま》くいくわけじゃないんですけどね。

エリカ先生がカルチャーセンターを卒業されてから一度も会っていません。けど……だからこそ、先生と過ごしたあの半年間は宝物なんです。

*

三月下旬のある日曜日、暮志田《くれしだ》千鶴は友人の先崎桃《せんざきもも》と一緒に、はるばる馴染《なじ》みのない青海《あおみ》までやって来た。ゆりかもめがやけに混んでいたから厭《いや》な予感はしていたのだが、目的地のブルーオーシャン産業会館は人いきれで満ちていた。

「凄い列だね」

開場は十二時ということだったが、十一時五十分の現時点で会館の入り口から門の手前まで、客がずらりと列を成していた。目算で百メートルといったところか。

「全席指定だったら楽だったんですが」

しかし約束をしていた神原真紀《かんばらまき》と三方公子《みかたきみこ》が遅刻しているため、千鶴たちは門の前で大勢の人たちが会場に吸い込まれていくのを眺めているしかなかった。

「ちょっと席取りができる雰囲気じゃないよね」

列の横入りや席取りをしようものなら、他の客から袋叩きにされかねない雰囲気があった。それだけ今のエリカの人気が凄いということだ。

今回の講演会が自由席制だったのは、主催者側もここまで人が集まると想像していなかったためだろう。しかし現実は皆が皆、生のエリカ・ハウスマンを少しでも前で見ようと早い時間から並んでいた。

「普段、これだけのイベントを運営してないから勝手が解《わか》らなかったんでしょうね」

ちなみにこのイベントの主催は、千鶴たちが通っている四谷文化《よつやぶんか》センターだ。エリカの卒業記念講演ということで、一般向けにチケットを売り出した結果がこの有様だった。

「最後ぐらいは落ち着いて聴きたかったんですけどね」

千鶴にとっては、これが最後の授業のようなものだ。

「エリカ先生が有名になるのは嬉しいけど、ちょっと残念だな」

「わたしも寂しいです」

正月明け辺りからテレビへの露出が増え始めたエリカは、キレのある発言とその美貌で瞬《また》く間にお茶の間の人気者になった。二月にはゲストであちこちの番組に引っ張りだこだったし、四月からはレギュラー出演も決まっているらしい。殺人的とも言えるスケジュールを涼しい顔でこなしてきたエリカも、流石《さすが》に限界を感じたようで、三月でカルチャーセンターの仕事を辞めることを発表した。

「あーあ。先生の講座、あたしも一回ぐらいは受けておきたかったな」

「そうですね……」

千鶴は曖昧《あいまい》に言葉を濁《にご》した。

結局、第一回から最終回まで受けた千鶴だったが、ここ数週のエリカの講座はやや単調に感じられた。話すべきことがもうなくなったのか、それとも講師業のモチベーションが下がったのか……いずれにせよ、ここらが潮時と感じたのかもしれない。

「おまたせー！」

どこからか聞き覚えのある声がして、桃と一緒に振り向くと、駆け寄ってくる真紀と公子の姿が目に入った。

「いやー、ミカが途中で道を間違えちゃってサ。『間違いない。あっちだ』なんて自信満々に言うから、ウチまで騙《だま》されちゃったヨ」

真紀は息を切らしながら、言い訳を並べ立てた。しかし公子は、憮然《ぶぜん》とした顔で訂正を入れる。

「うるさいぞ。お前が待ち合わせに遅刻しなければ、道に迷っても充分に間に合った」

「まあまあ。とにかく四人揃って良かったよ」

「それで席の方はどんな様子だ？」

千鶴は手短に今の状況を説明した。

「あー、運が良ければ座れるかもしれないけど、四人並んでってのはまあ難しそうだネ。誰かさんが道を間違えなければナー」

「でもこの人気ぶりだったらもっと早くに集まらないと難しかったかもしれませんよ。考えようによってはこれで良かったのかも」

また小競《こぜ》り合いが始まりそうだったので、先に鎮火させた。

「つまり時間通りに集まれてても後ろの席か、最悪立ち見だったわけか……遅刻を正当化するわけではないが、結果的にはこれでも良かったのかもしれんな」

「まあ、ここまで大盛況とは思わなかったよネ。秋にはこんなことになるなんて想像もしてなかったし……結局、人生上手いことやったもん勝ちってことか」

「どういうことですか？」

千鶴は思わず訊き返してしまった。

「カルチャーセンターの講師はただの手段で、本当はマスコミ関係者と繋がるのが目的だったっぽいなって。又聞きの又聞きで裏も取れてるし。結果的に大成功だよネ」

「ラジオの番組を持って、本を出し、今度はテレビ……計画通りだったとしてもあまりに順調すぎるな」

「まあ、ウチに冷たかったのも納得だヨ。我が家には業界のコネなんて、どこをどう探したってないからネ」

真紀の拗《す》ねたような物言いに、千鶴は内心苦笑する。真紀はエリカの生き方に少し憧れを抱いていていてお近づきになろうとしたが、当のエリカは真紀を普通の中学生と見做《みな》して、まともに相手にしてくれなかったのだ。

「でもあたしには優しかったよ。ウチの家、何にもないのに」

エリカがカルチャーセンターで講師を始めた頃、家庭の事情に悩む桃を慰《なぐさ》めてくれたことがあった。その一件もあって千鶴や桃はエリカに好意を抱いているのだが、真紀や公子はそこまでエリカのことを好きではないらしい。

突然、クシャミが出た。長時間風に晒《さら》されて、体温が下がっていたようだ。

「寒いし、そろそろ中に行こ？　とりあえずホールの様子見て、運良く席が空《あ》いてたら座る。空いてなかったら中のカフェで軽く食べる、でどう？」

時刻は十二時十五分、桃の提案は妥当だ。千鶴が肯《うなず》くと他の二人も続いた。

「埋立地だからか知らないけど、やたら広いネ。街中じゃこの規模のハコも高いだろうから」

「私は狭くてもいいから、馴染みのある場所が良かった」

「採算とかあるでしょうし、その辺は難しいですよね」

千鶴たちはそんなことを話しながら門を抜け、会館に入る。するとロビーにエリカの姿を発見した。最早《もはや》雲の上の人になってしまったエリカに、声をかけるチャンスが巡ってくるとは千鶴も想像していなかった。こうなると、遅れて会場入りしたのも悪くないように思えてくる。

だがエリカに声をかけようとして、彼女の表情が険しいことに気がついた。エリカの視線の先には一人の若い白人女性がおり、彼女はエリカを睨《にら》んでいた。事情はさっぱり見えなくても、両者の間に一触即発《いっしょくそくはつ》の空気が流れているのは解る。

「暮志田、今はよせ」

「……はい」

千鶴たちが静観を決め込むと、突然、白人女性が英語で怒鳴り始めた。

「……なんて言ってんのかナ?」

真紀が小声で訊《たず》ねる。しかし千鶴は首を横に振った。リスニングは苦手なのだ。

「『ふざけないで。言われた通りに仕事して、なんでこんな目に遭わないといけないの』と言っているようだな」

公子が真顔で囁《ささや》く。

「おー、流石は優等生。ウチはよく解らなかったナー」

「ニュアンスで訳しただけだ。正確なところは解らんが、不当な契約に怒りをぶちまけているらしい」

彼女は引き続き、何事かをまくし立てている。だがエリカは、一切を拒絶するようにかぶりを振る。

「もう帰って」

エリカはその女性に告げると、そのまま背を向ける。あまりのことに女性も、ロビーに数人いた一般客も固まっていた。

「あーあ、これ絶対誰かネットに書くネ。エリカ先生らしくないやらかしだナー」

一般客の殆《ほとん》どが、席取りのためにホールの中にいたのは不幸中の幸いか。いや、たった数人でも広まるものは広まる。他人事《ひとごと》ながら千鶴も心配になってきた。

「エリカ先生があんな振る舞いをするなんて、何か理由がある筈《はず》です」

「いや、ついに地が出たのかもしれんぞ？　私たちが知ってるエリカ・ハウスマンなんて、あの人のほんの一側面に過ぎないだろうしな」

公子がエリカとソリが合わないことを千鶴はよく知っている。エリカが公子にした仕打ちを考えればそれも当然だが、エリカから特に不愉快なことをされていない千鶴にとってはいささか複雑だ。

「いずれにせよ、ここは見なかった振りをするのが一番だ。向こうだってそれを望んでいるだろう」

「でもわたし、どうしても気になるので……ちょっと事情を訊いてきます！」

そう言って、千鶴は小走りにエリカの背中を追った。

千鶴は通路の壁にある「この先、関係者以外立ち入り禁止」という貼り紙を無視して進むと、控え室に入ろうとしていたエリカを呼び止めた。

「あの、エリカ先生！　ロビーで何があったんですか？」

「ちょ、ちょっと困るよ君」

千鶴の言葉を途中で遮《さえぎ》ったのは、普段カルチャーセンターで事務をしている近松《ちかまつ》だった。人手が足りないのか、今日は講演会に駆り出されているようだ。

「ハウスマン先生は本番前なの。気持ちは解るけど今はやめてね。ね？　ね？」

「こっちは別に構わないけど、ミスター近松？」

エリカがそう言うと、千鶴を追ってきた桃たちも姿を現した。

「あら、ユーたち。来てたの。もしかしてさっきのハプニング、見てた？」

千鶴が肯くと、エリカはちょっとバツの悪そうな表情で肩をすくめる。

「なんでもないの。付き人の不注意で私のタブレットPCが無くなっちゃって、それでつい頭に来てキツく叱ったの。そしたら向こうもキレたみたいで、辞めちゃった。厭なアクシデントだったけど、保険には入ってるから……本番も近いし頭をチェンジしないと」

「はい。もういいでしょ。それじゃハウスマン先生、最後の打ち合わせをしておきましょう」

近松に急《せ》かされて、エリカは控え室に押し込まれていく。それでも最後に顔と手だけ出して、「バァイ」と言ってくれたのは、エリカなりのサービスだったのかもしれない。

千鶴たちはロビーに引き返してきた。

「先生はタブレットの紛失って言ってたけどサ、あんなの落としたらすぐに誰かが発見するヨ」

「だろうな。だから私は盗まれたんだと思っている」

千鶴は急に息苦しくなった。紛失なら不幸な事故で済むが、盗難は誰かの悪意がないと成立しない。そうした悪意を持った人間と同じ空気を吸ったかと思うと、気分が悪い。

「暮志田か先崎、私たちが来るまでの間、会場から去って行く人間を見たか？」

「え……どうだろ。多分、引き返してきた人はいなかったと思うけど、チヅちゃん憶《おぼ》えてる？」

桃に話を振られて、千鶴は真剣に記憶を呼び覚ます。言われてみれば、確かに引き返してきた人間はいなかったような気がする。

「わたしも自信ないけど、多分いなかったと思います。でも裏口とかもあるかもしれないし、誰も出て行ってないとは断言できません」

「いや、これを見る限り、裏口はなさそうだ」

公子は貼ってあるブルーオーシャン産業会館の構内図を指して言う。

「この建物は塀で囲まれていて、出入りには必ずあの門を通らないといけないようになっている……つまり現時点では、まだ会場を去った人間はいないということになるわけだ。犯人もまだこの中にいると考えられないか？」

「あっ、本当だ。ミカちゃん、凄い」

「こんなもの、大した推理じゃない」

はにかむように言う公子に、真紀が意地悪な笑顔を向ける。

「まあ、でも当たり前じゃん？　犯人はエリカ先生の講演を聴きに来た一般客の可能性が高いんだからサ。たまたま見つけたタブレットを盗んだだけで、メインは講演を聴くことでショ。ただのコソ泥だったらとっくに会場から逃げて、売り払うためにデータリセットかけてると思うけどネ」

「言うじゃないか神原。それなら犯人を見つける方法も教えてくれ」

「それは無理じゃないノ？　講演会をやるホールってキャパが四百人で、そこにお客さんがぎっしりなわけでショ？　流石のウチもお手上げ」

容疑者は約四百人、開演までまだ四十分あるとはいえ、とてもではないが終演までに怪しい人間を一人一人確かめていくのは不可能だ。

「残念ながら私もあまり良い考えが思いつかない。そもそも無くなった状況も解らないのだから、これ以上は考えるだけ不毛だ」

「そうそう、ここは素直に警察に任せようヨ。まあ、お客さんが犯人なら、一度帰した時点でもう絶対出て来ないと思うけど。それでも売れっ子のエリカ先生には、大した被害じゃないっショ」

真紀の言うことも、もっともだ。

「でもさ……これでエリカ先生とはお別れなんだから、あたしたちで最後に何かできたらなって」

しかし桃はそうは考えなかったようだ。何か思い詰めたような表情なのは、エリカに恩義を感じているからだろうか。

「じゃあサ、ここは恨みっこなしの多数決で決めようか。結果には全員従う。それでいいよネ？」

真紀の提案に桃は肯く。千鶴もそれに倣った。

「待て。引き分けの場合は？　二対二になる可能性もあるだろう」

「細かいこと気にするネ。その場合はそれぞれの意思を尊重するってことで」

「解った」

公子は不承不承といった様子で肯いた。

「それじゃ、エリカ先生のタブレットを探そうと思う人」

桃は迷いなく手を挙げた。その姿を見て、千鶴はつられて手を挙げてしまった。

「あれ、千鶴も？」

真紀は意外そうに首を傾《かし》げる。

「先崎さんほど積極的な思いがあるわけではないんですけど、わたしもエリカ先生にお世話になった分のお返しはしたいなって。変ですか？」

公子は腕組みをしたまま、渋い表情で千鶴を見ていた。

「まあ、ウチはあんまりお世話にならなかったけど、二人がそこまで言うなら賛成しとくか」

「なんだと？　お前、そんなやる気なかっただろうが」

公子は明らかに驚いていた。本来二対二でも引き分けで、タブレット探しとは無縁でいられた筈なのに、三対一で負けるのは予想外だったのだろう。

「なんてネ。実は多数決の暴力。これでミカは、ウチらの手伝いをせざるを得なくなるわけ。嫌いだった人に恩返しする気持ちはどうかナ？」

「そんな理由で……お前みたいなのが民主主義を腐敗させるんだ」

「勝手に話のスケールを大きくするのやめてくれないかナ？　ウチはただミカに厭がらせがしたいだけなんだからサ」

公子が真紀の肩に摑みかかるのとほぼ同時に、先ほどの白人女性がまたロビーに現れた。荷物を持っていることから、本当に会場を去るつもりのようだ。

「はい、タイム。まずはあのお付きの人に話聞いてみようヨ」

真紀は公子の手を外しながら、催促するように袖を引っ張る。すると、公子は真紀の手を慌てて振り払う。

「ちょっと待て。私に英語を話させる気か？」

「適材適所だと思っただけだからそんなにキレちゃ駄目だって。ほら、ミカ。帰っちゃうヨ」

「お前、この借りは高くつくからな……」

公子の顔は妙に強張《こわば》っていた。この中の誰よりも学力の高い公子でも、英会話は勝手が違うらしい。だがようやく覚悟を決めたのか、決死の表情で公子は女性に話しかける。

「は、ハロー……」

「ハロー。って、どうしたの？」

彼女の口からは流暢《りゅうちょう》な日本語が流れ出した。

エリカ先生が結構嫌われてたって知った時は哀しかったな。みんな好きって言ってたのに、掌《てのひら》返さなくても……って思った。だけど今なら嫌われる理由もよく解るんだ。

それでもあたしがエリカ先生に救われたのは事実で……その一点だけでも、先生のことは嫌いになれないんだ。むしろ、今でも尊敬してる。あたしに大事なことを教えてくれた人。

だからまたいつかどこかで会えたら……大人になったあたしを見てくれたらなって思うんだ。

*

「ナンパ以外でハローって声かけられたの、久しぶりだったからなんか新鮮」

そう言うと彼女はケラケラ笑って、公子の肩を叩いた。

すぐに彼女自身の口から種明かしがされた。彼女の名前はパトリシア。イギリスで生まれ育ったが、家族の仕事の都合で数年前から日本に住んでおり、今は都内の大学に通っているそうだ。従って日本語もかなり話せるとか。

「あの、不愉快な思いをされるのは重々承知の上で、先ほどの出来事についてお話を伺《うかが》いたいのですが」

英語を話さなくてもよくなったのだから、誰かにバトンタッチしても良さそうなものだが、変に律儀な公子は役目を果たそうとする。

「ああ、あれね。正直思い出すだけでも腹が立つんだけど、でも可愛いインタビュアーさんに免じて話しちゃう。まあ、私の愚痴《ぐち》を聞くと思って付き合ってね？」

桃は安堵《あんど》した。ここでパトリシアに拒否されたら、捜査は暗礁《あんしょう》に乗り上げていただろう。

「ハウスマンさんとはいつからお知り合いに？」

「ん？　今日が初めて。講演会のために、身の回りの世話をするアシスタントとして雇われたの。知り合いの事務所からの紹介だったし、日給も良かったから引き受けたんだけど」

最初はパトリシアの方に何か問題があってあんなことになったのかと思ったが、桃の感覚では彼女は決して邪悪な人ではなさそうだ。もっとも、パトリシアにも裏の顔があるのかもしれないが……。

「最初から感じ悪い人だったよ。挨拶《あいさつ》しても素っ気ないしさ。どんなワガママを言ったのか解らないけど、控え室が二つも用意されてて、まるで芸能人気取りだった。あ、今のは悪い意味で言ったんだけど伝わった？」

桃たちは曖昧に肯く。

「まあ、それでもトータルではまだ割のいい仕事だったんだ。水を渡したり、タイムスケジュール通りの行動を促したりすればいいだけだったし。そうじゃなくなったのは昼前かな」

「何があったんですか？」

「リハーサルが終わった後、あの人が小休憩の時間にカフェでタブレットを弄《いじ》ってたら、偉い人が挨拶しに来て。あの人は私にタブレットを押しつけると『控え室まで行って、これを置いて来て』と。別にそこまで遠くはないけどわざわざそれを私にやらせるか、みたいな」

「まあタブレット、ちょっと前のだと重いしネ」

「あるいはタブレットを持ったままでは、失礼に当たると感じたのかもしれないな」

パトリシアはため息を吐《つ》く。

「いや、あれは単に私を追い払いたかっただけかもしれないね。でも仕事は仕事だから、素直に受け取ったよ。それで『どちらの控え室ですか？』って訊いたら『二階の控え室に置け』って。それで私は言われた通りに、二階の控え室まで行って机の上に置いた。それが十一時半ぐらいだったかな？」

「鍵はかけたんですか？」

「当然。あの人から鍵を受け取って、また返したから。間違いない。もしあの人が違うって言ってきたら訴える気まであるよ」

「これがタブレット紛失騒動の顚末《てんまつ》か……やっぱり盗難か」

「ちなみに私を疑ってるなら無駄よ。ほら」

そう言ってパトリシアは荷物の中身を見せてくれた。確かにタブレットを隠している感じはない。薄いとは言っても金属製、隠すのは意外と難しい。

「容疑が晴れたところで私は帰ろうかな。ちょっと気が晴れたし、楽しかったよ」

「あの、もうしばらく待って貰《もら》うことはできませんか？　またお話を伺いたくなるかもしれませんし……」

無意識にそんな言葉が、桃の口から湧き出てきた。

「あたしはどうしても、エリカ先生のタブレットを見つけたいんです。あたしたち、全員が全員先生のこと好きなわけじゃないんですけど、あたしはとってもお世話になったので……」

言い終えてから、これが自分の都合に過ぎないことに思い至る。少なくともこの嘆願は、パトリシアには特にメリットはない。

しかしパトリシアは桃の頭を優しく撫でた後、根負けしたようにこう答えた。

「解ったよ。もうちょっとカフェにいるから何かあったら訊きに来て。タイムリミットは講演が始まるくらいまででいい？」

「ありがとうございます」

桃は心からの感謝を込めて、勢い良く頭を下げた。


パトリシアを見送った後、真紀が堪《こら》えきれずに笑い始めた。

「アハハハ、超ウケる。ハローって。録音しておけば良かった」

「それ以上言ったら許さないからな」

放っておくと喧嘩《けんか》が始まりそうだったので、桃は慌ててフォローに入る。

「そ、それよりパトリシアさんの証言の意味を考えようよ」

「パトリシアさん、今のところ別に悪くないですよね」

「勿論、パトリシアさんの証言に間違いがないって前提だがな。まあ、災難ではある」

「だけど控え室って、鍵がかかってたんでショ。どうやったら盗み出せるんだろうネ？」

「マスターキーが存在するとは思うけど、そこまで疑い出すと……」

施設の管理者が犯人だとしたら、完全にお手上げだ。

「その可能性を考えるのは最後でいいだろう。それより念のために、二階の控え室を見に行くべきだ。私の考えが正しいかどうか確かめたい」

公子に促される形で、桃たちは二階の控え室へ向かう。二階の廊下は人気《ひとけ》がなく、かなり寂しい。

「ここなら部外者が歩いてても、見咎《みとが》められることもなさそうだな」

「盗みに入るには持ってこいの雰囲気っていうか、不用心だネ」

それでも桃たちが部外者であることには違いない。自然と忍び足になる。

やがて『エリカ・ハウスマン様　第二控え室』という貼り紙を見つける。一階の控え室と比べると、明らかに数段落ちるのが解った。

「もしかして開いてたりするかナ？」

「どうだろ」

何気なく桃がドアノブに触れただけで、ドアは抵抗なく開いた。

「あたし、触っただけだよ！」

桃の抗議を無視して、公子がドアの鍵を調べる。

「どうやら完全に壊れているようだな。先崎が触る前からこうなっていたんだろう」

壊れた鍵を見ようと、千鶴と真紀が覗き込もうとする。だが、男の声がそれを制止した。

「ちょちょちょ、君たち困るよ。関係者以外立ち入り禁止だってばもう」

近松だった。

「近松さん、どうしてここに？」

「いや、ハウスマン先生に、念のため二階の控え室を一度見てきてくれないかって言われたから。でも、また君たちと鉢合わせするとは欠片《かけら》も思ってなかったよ！」

ふかふかの尻尾がついたキーホルダーを握り締めながら、近松は力説する。パトリシアが去り、付き人の役目までしないといけなくなったようだ。

「好奇心旺盛なお年頃なのは解るよ？　でも鍵を壊すのは駄目だよ。流石に親御さんを呼ばないと……」

どうやら近松は、桃たちがこの鍵を壊したと思っているらしい。

「大丈夫？　ウチらの力でドアノブ壊せると思ってんノ？」

「え、違うの？」

「ウチらが来たら、こうなってたの」

近松はしばらく桃たちとドアを見比べていたが、やがて納得した様子だった。

「ところで近松さん、控え室の中見ていい？」

「この際、構わないよ」

「え、いいんだ？　突然気前良くなったネ……」

「どうせ何もないから」

その口ぶりに何か引っかかるものを感じながら、桃は控え室に入る。だが近松の言葉通り、この控え室には何も無かった。かび臭い畳敷きの和室だが、ちゃぶ台と姿見《すがたみ》ぐらいしかない。

「ね、何もないでしょ。だって一階の綺麗な控え室だけで充分だったから。基本、こっちには何も持って来てないんだよ」

桃は首を傾げたくなった。だったらどうして、エリカはパトリシアにタブレットをここへ持って来させたのだろうか。

「さあ、満足しただろ？　ここに何もないことは確認できたし、僕もまた下に戻らないと」

「近松さん、エリカ先生に訊いておきたいことがあるんですけど、なんとかなりますか？」

「開演まであんまり時間ないんだけどな……」

「もしかしたらそれで、エリカ先生のタブレットが見つかるかもしれないんです……」

桃が搾《しぼ》り出すような声で懇願すると、近松は弱った顔で肯いてくれた。

「解ったよ。僕は先に行ってハウスマン先生にお願いしてくる。けど、あまり期待しないでよ？」

「ありがとうございます」

桃の声を背に受け、近松は忙《せわ》しなく駆け出して行った。

「もしかするとエリカ先生、タブレット探しをしている場合ではないのかもしれませんね」

「チヅちゃん、どうしてそう思うの？」

「だって、タブレットの中に、講演で使うファイルとかあったのかもしれないなって」

だとすれば、エリカにかえって迷惑をかけてしまうことになったかもしれない。

あたし、また考えなしの行動を……本当、成長しないなあ。

「それはどうだろ。クラウドで同期してたらデータも無事だろうし……アレ、っていうかそれなら見つけられるかも」

「マキちゃん本当？」

真紀は肯いたものの、すぐに微妙な顔になる。

「あー、でもウチらのやろうとしていることは、単に余計なお世話かもしれないネ。今更だけどサ」

「どうして？」

「エリカ先生、盗難保険に入ってると言ってたから。上手くいけば新品を手に入れるチャンスだし」

千鶴が目を伏せる。

「わたしたちがここでどんなに素晴らしい捜査をしても、『余計なことはしないで』と言われたらそれまでってことですか」

「そ、ありがた迷惑ってやつ」

今まで押し黙っていた公子が、突然笑った。滅多《めった》に見せない笑顔だけに、妙な怖さがある。

「ありがた迷惑か……気に入った。それで行こう」

「突然どうしたんですか？」

「私はあの人に貸しがある。ありがた迷惑ならむしろ望むところだ。善意で厭がらせができるなんて、滅多にないチャンスじゃないか」

目的は同じとはいえ、動機の方向性の違いに桃は戸惑った。狙いはどうあれ、厭がらせで人助けするなんて間違っている。とはいえ公子の頭脳は貴重だ。それでタブレットが見つかるのならと、諫言《かんげん》を呑み込んだ。

「……さっき厭がってた割には、マキちゃんと同じことしてない？」

「ウチはとんでもない怪物を目覚めさせてしまったのかもしれないネ……」

そう言われても公子はどこ吹く風、それどころか、微笑《ほほえ》んでこんなことを言い放った。

「それで神原、ありがた迷惑を押し売りする方法はあるか？」

＊

エリカ先生ってさ、ウチにとってある意味で理想の大人だったたんだネ。優れた頭脳と美貌を武器に社会の波をスイスイ乗りこなすなんて、やっぱり憧れるでショ？　ウチみたいな大した取り柄《え》もない人間は、失敗するのがデフォなわけで……できれば上手いこと生き続けたいって思うわけヨ。

まあ、エリカ先生のお陰で、薄汚れてるせいで世間から発見されない本物もあれば、磨《みが》き抜かれたせいで本物のように珍重される偽物もあるってことを知ったわけだけどサ。だから、本物だの偽物だの拘《こだわ》ってたウチは黒歴史。今は偽物なりのプライドを持って生きられているヨ。そういう意味でもエリカ先生には感謝してるし、また会ってお礼を言いたいけど……向こうは別に会いたくないだろうしなあ。

真紀たちが一階の控え室を訪ねると、エリカはいつも通り優雅な佇《たたず》まいで、パソコンを眺めていた。これがエリカにとっては初の講演会の筈だが、本番十五分前でも特に緊張した様子はない。

「で、何を話せばいい?」

エリカはキーホルダーの尻尾を触っていたが、それには見覚えがある。先ほど近松が持っていたものだ。

口火を切ったのは公子だった。

「状況が知りたいんです。先生がタブレットの盗難に気がついた時のことを、聞かせて貰えませんか?」

「そうね……」

エリカは何かを思い出すように、しばし目を閉じる。

「カフェを出た後、二階の控え室に向かったの。けど私が行った時にはもうドアは壊れてたし、タブレットは盗まれてた。その足でロビーに行って、パトリシアを叱ったの」

「そうですか……」

公子が何を気にしているのかは、真紀には解らない。ただ、どうせこの質問から正解に辿《たど》り着くのは、コイツだという諦《あきら》めはあった。

しかしそれもまともにヨーイドンで競走した場合の話。今のウチは裏ルートを使ってでも、先にゴールしてやろうって意気込みがある。

「盗まれたタブレットですけど……クラウドでデータ管理してるなら、もしかしてトレースシステムも入れてたりします？」

「オフコース」

しかしエリカは目を閉じて、首を振る。

「だけどパソコンからトレースしてもノーレスポンス。電源をオフにされたか、アウトオブ《圏》サービス《外》か……」

「まあ、そんな簡単に見つかるわけないですよネ」

「でも保険には入ってるし、データもバックアップ取れてるから気持ちだけ貰っておこうかな」

予想通りの返事だった。しかし真紀は笑いながら、エリカを脅かしにかかる。

「それなんですけど、話はそんなに簡単じゃないんですよネ。先生のタブレット、ロックの方式はどうなってます？」

「四桁《けた》のパスワードを打ち込むタイプだけど？」

「トライアル回数は?」

「デフォルト」

「あちゃー!」

真紀は大袈裟《おおげさ》に仰《の》け反《ぞ》ってみせた。すると桃が、真紀の脇腹を突きながら訊ねる。

「ねえマキちゃん。今の、あたし解んなかったんだけど、どういう意味?」

打ち合わせもしてないのに、良いタイミングだ。

「えーとサ、四桁のパスワードの組み合わせは九千九百九十九通りだけど、デフォルト設定だと試行回数に制限がないから、全パターン試したらいずれロックが解除できるってことだヨ。解る?」

「つまり入力一回に三秒かかるとして約一万回……頑張ったら八時間ちょっとで終わるね。それだけで写真もメールも全部読まれちゃうってこと?」

桃がそう言った瞬間、エリカの口の端が不愉快そうに歪《ゆが》んだのを、真紀は見逃さなかった。使用しないタブレットPCはただの重い鉄の板だ。それでもファンにとっては、エリカが使っていたものというだけで価値があるのかもしれないし、きっと中身を知りたいと思う筈……エリカにそこまで想像させれば、この先の説得はそんなに難しくない。

「でもそれを防ぐ方法がなくはないんですよ」

「……聞かせて」

「一つは遠隔操作での初期化ですかネ。パソコンに管理ソフト入れてるなら、それが一番早いと思います。でもタブレットをネットに繋ぐのはロックを解除した後じゃないと無理だし、繋ぐかどうかは犯人の気持ち次第だから確実な手段とは言えませんヨ」

「その言い方、確実な手段があるの？」

「今日、講演会が終わる前に犯人を捕まえるってのはどうでしょう。犯人がエリカ先生のファンなら、折角《せっかく》の講演を聴かずに帰るなんてことないと思うんですけどネ。いや、具体的にどうやって見つけるかはまだ考えてないんですが」

エリカは何事かを考え込んでいた。データ流出のリスクを冒すぐらいなら、タブレットが返ってくる方が良いに決まってるだろうに、何を悩んでいるのだろうか。

真紀がそんなことを思っていると、近松が横から口を挟んできた。

「そんなの無理だって。お客さん全員の手荷物検査をやる時間も人手もないし、仮にタブレットを持ってたとしても、ロックを解除して中身を確認させてくれる親切な人がどれだけいると思う？　もっとこう、スマートなやり方でないと」

「残念だけど、私もミスター近松の意見に同意。気持ちは嬉しいけど」

公子が「詰めが甘い」と言いたげに睨んでいた。真紀としても、スマートな方法さえ提案できれば上手くいくと思っていたのだが、そう都合良く思いつくものではない。

何かないかナ。何か……。

「あの、ちょっと待って下さい」

桃がおずおずと手を挙げる。

「どうしたの?」

「あたし、パソコンのこととか全然詳しくないんですけど……タブレットの電源さえ入れれば、見つけられるってことですよね?」

真紀は肯く。桃の理解は何も間違っていない。電源さえ入れれば、という条件が難しいだけで。

「こんなエスケープ不可能な場所で電源はオンにしないでしょ」

エリカも真紀と同じ思いだったようだ。

「だったら、北風と太陽みたいに考えたら話は早いんじゃないかなって思うんです。つまりこっちが犯人の持ち物を探るんじゃなくて、犯人が自分から電源を入れるように仕向けたらどうかなってことなんですけど」


真紀と近松はホールの一番後ろに立って、タブレットに電源が入るのを待っていた。

「おっかしいな。ここまで仕事する予定なかったんだけど」

隣で近松がしきりにぼやく。電源の入ったノートパソコンを、直立不動で持ち続けるのに疲れたのだろう。心なしか腕も小刻みに震えている気がする。

「うるさいヨ。文句言わずに画面を見張ってて」

ノートパソコンはトレースシステムが立ち上げられており、エリカのタブレットに電源が入ったらすぐに位置が解るようになっていた。しかし開演から三十分経っても、まだトレースシステムに反応はなかった。

「けど本当にあんな方法で見つかるの？」

「エリカ先生のタブレットはＷｉ-Ｆｉオンリーで、会場のＷｉ-Ｆｉを使ってたんでショ？　だったらパスワードを入力しなくても、電源入れるだけでネットに繋がるヨ」

「そうじゃなくてさ。そもそも犯人が本当に電源を入れるのかって話。僕、こうやってるの疲れてきたんだけど」

「それぐらい我慢してよネ、まったく……」

真紀は時間を確認する。午後一時半、エリカの話ではそろそろだった筈だが……。

「そういえば私の人生にとって、誕生日以上に大事な日というのが幾《いく》つかあります。例えば十一月三十日……」

始まった。真紀は固唾《かたず》を飲んで、近松の持つパソコンを覗き込む。すると程なくして、トレースシステムに反応が出た。近松は信じられないという表情で画面を見つめている。

「まさか本当に電源が入るなんて……」

真紀はほくそ笑む。

「講演の中でパスワードになりそうな日付の話をするのは可能ですか？　もしかしたら犯人がその場で試すかもしれませんし……」

開演前、桃はこんな提案をした。それをエリカは呑み、ギリギリではあったが講演内容を一部変更してくれた。そして犯人は、見事にこちらの仕掛けたトラップに引っかかったことになる。

勿論、犯人が冷静な人間ならエリカの口にした日付をメモして、講演の後に安全な場所で試すだろう。しかし今すぐに試したいという欲求を抑えきれなければ、この場でタブレットの電源を入れる可能性があると踏んだのだが、まさか本当にそうなるとは。

「で、見つかった？」

「前の方の席だってのは解るけど、具体的な場所まではこれだけじゃ……」

「あーもう……肝心なところで」

エリカはもう十一月三十日の話を畳もうとしている。いくらエリカでも日付の話は三つが限度だ。空振りに失望した犯人が、いつまでもタブレットを出しているわけもなし、千載一遇《せんざいいちぐう》のチャンスをスルーするわけにはいかない。

「一緒に来て！　トレースシステムが駄目なら目で確認する」

「目って……簡単に言ってくれるね」

「大丈夫。すぐに解る筈だから」

映画館や劇場でスマートフォンの電源を切るようにアナウンスするのは、何も迷惑電話を阻止するためだけではない。スマートフォンのバックライトというのは、結構な範囲を照らすので隣席の人間に迷惑になるのだ。それがタブレットなら尚更だ。

真紀は通路を小走りに移動しながら、タブレットの光を探す。だが、一見それらしい人間は視界に入ってこない。気がつけばエリカは二つ目の日付の話を終えかけている。エリカが三つ目の日付を口にしてから、犯人がパスワードを入力するまでもう時間がない。

間に合って。

ふと真紀は右側の視界に違和感を覚えた。見れば、何かに苛立《いらだ》っている男の顔がはっきりとバックライトに照らされていた。

……いた！

真紀は近松に合図を出す。駆け寄ってきた近松はパソコンを真紀に渡すと、今まさにタブレットの電源を切ろうとしていた男に声をかけた。

「お客様、ちょっとお話が……」

真紀たちは犯人の男が連行された〝別室〟の前で、ひたすら結果が出るのを待っていた。今は近松と警備担当の人間によって事情を聞いている最中だ。こうなるともう講演どころではない。

「あれ、ミカがいないけど？」

「ミカちゃんならパトリシアさんとカフェにいるよ。念のため、残って貰いたかったんだってさ」

事件はウチの活躍で解決したのに。御苦労なことだネ。

部屋のドアが開き、近松が出てきた。犯人を現行犯で捕まえるというお手柄の割には、浮かない顔だ。

「あ、近松さん。どうだった？」

「うーん。手応えがあったというか、なくなったというか……」

近松は自信なげに、一部始終を話してくれた。

犯人の男は村沢《むらさわ》といい、都内のメーカーで営業をしているらしい。近松は村沢から名前を聞き出した後、パソコンのトレースシステムを見せながら、村沢の手元にあるのがエリカのタブレットであることを説明した。すると村沢はそれ以降、「自分はただ落ちていたタブレットを拾っただけです」と繰り返すだけになったそうだ。

「それ、下手《へた》打ってない？　どうにかして先に『これは自分のタブレットだ』って言わせた上で、トレースシステムを突きつけてやれば良かったのに。先に手の内明かしちゃってどうするんだヨ」

「ゲームのやり過ぎだって。そんな上手く行くわけないでしょ。何も喋《しゃべ》らないんだからさ……むしろトレースシステム見せたお陰で言葉を発するようになったんだから、責められる筋合いはないよ」

確かに。近松をこれ以上責めたところで、言い訳がましい言葉が無限に出てくるだけのようだ。

「まあ、パスワードを解除しようとしてた時点でクロなのは確定してるんだから、あとは警察に任せたら？」

「僕もそれがいいと思ってる。ま、僕は被害者じゃないし、後はハウスマン先生次第というか……」

そこにタイミング良く、エリカが姿を現した。時計を見れば、いつの間にか途中の十五分休憩の時刻になっていた。タブレットが見つかったと聞いて、いてもたってもいられなくなったのだろうか。

「ハウスマン先生、お疲れ様です。犯人はこの中にいますが、どうされますか？」

「当然、会うけど」

「……ではお供します」

近松は数瞬の逡巡《しゅんじゅん》の後、そう答えた。室内には警備員もいるし、村沢が暴れても大丈夫だと判断したのだろう。

「待った。ウチらもいいですか？」

「え、君たちはもう関係ないでしょ」

そうは言っても、事件のメとなる美味《おい》しい場面を見逃すのはつまらないではないか。例えばエリカに詰問《きつもん》された村沢が、涙ながらに罪を認める場面が待っていたとしたら。

「いいんじゃないの？　功労者だし」

ご褒美《ほうび》の代わりとばかりに、エリカがそう言い放つ。

「やったネ！」

叫ぶなり真紀は、村沢のいる部屋に身体を滑り込ませる。こういうのは、相手の気が変わらない内に入ってしまうのが一番だ。

「はしゃぎすぎだ」

公子がそう言いながら真紀に続く。

自分も美味しい場面が見たいなら見たいって、はっきり言えばいいのに。素直じゃないんだから……。

千鶴と桃も部屋に収まったタイミングで、エリカは村沢に声をかけた。

「あの、村沢さんでしたね？」

村沢は小さく「あっ」と言うばかりで、一向に返事をする気配がない。

まあ、気持ちは解らなくないヨ。憧れの人がこんな風に名前を呼んでくれる接近イベントなんて、他じゃ体験できないもんネ。

村沢が上手く喋れないことを理解したのか、今度はエリカは自分の手を差し出した。

「ありがとうございます」

真紀はポカンと口を開けてしまった。見れば他の人間も同じ表情をしている。

盗まれた人間が泥棒にありがとうございますって……どういうこと？

そんな真紀の疑問をよそに、エリカは口を開く。

「実はタブレットを無くして、とても困っていたんです。拾って下さって助かりました」

それは被害届を出さないと言っているに等しかった。しかしエリカに、村沢を許す理由があるのだろうか。

「あ、あの、俺……」

「何も言わなくて結構。タブレットは手元に戻ってきましたし、私としてはそれ以上何かを求めるつもりはありません」

エリカは村沢の手を離すと、ニコリと笑う。

「ではお客さんが待っているので、これで失礼」

そしてエリカはそのまま誰も一顧だにせず、部屋を出て行った。

何もかも不可解だった。だが真紀には、最後の笑顔が作りものだということだけは、確信があった。

＊

今になって思えばカルチャーセンターに入るまで、私は他人にちゃんと関心を持ったことがなかった気がする。

何、そんな社会性のない中学生に見えなかったって？　自分でこう言うのもなんだが、私が周囲に関心がなくても周囲は私を放っておいてくれなかったし、私はそれにレスポンスを返せば良いだけの話だった。だから他人が何を思って行動しているのかを考えるようになったのは、やはり神原たちと出会ってからだと思う。そういう意味ではカルチャーセンターでの出会いには、とても感謝している。

ハウスマン先生か……そういう意味ではあそこまで嫌いになれる人間というのは、貴重だった。きっとあの人も私のことは嫌いだっただろう。お互い二度と会いたくないだろうが、きっと新天地でも自分流を貫いているだろうと思うとそれはそれで愉快だな。

エリカと村沢の対面を見てから、公子の中では消化できない感情が渦巻いていた。

「気に食わない。あの人があんなとってつけたことを言うなんて……しかも計算高い人間が口にする言葉じゃない」

まるでライトな『レ・ミゼラブル』だ。ミリエル司教が自分の銀食器を盗んだジャン・ヴァルジャンを許したのは慈愛の心からだが、エリカの意図《いと》が全く解らないのが尚、気持ち悪い。

「そんな。エリカ先生にだって優しいところはあるよ」

「だったら、あの泥棒に見せた慈悲《じひ》の十分の一でも、パトリシアさんに分けてやれてたらとは思わないか?」

パトリシアに肩入れしてしまうのは、カフェで彼女と話している内に意気投合してしまったというのもあるが、何よりエリカの計算高さが許せなかったからである。

「それは……」

「でもサ、こうやって見逃した話がどこからか広まって、いつか美談になるって計算した可能性だってあるヨ。保険で新しいタブレットが手に入らないならせめて……ってのはどうかナ?」

「どうだろう。それで変に狂信的なファンになられても困ると思うが……」

「もしかして先生は犯人に捕まって欲しくなかったのかな?」

公子は何気なく放たれたその言葉が、やけに引っかかった。

「先崎、それはどういう意味だ？」

「あ、特に深く考えて言ったわけじゃなかったんだけど。そんなに気になる？」

「例えば……実は知り合いだったっていうのはどうですか？」

「それはないだろう。二人が初対面だったのは明らかだ」

千鶴の案を却下する。それならあの時、村沢がエリカに馴れ馴れしく呼びかけてもおかしくはなかった。

「あの言葉が打算から来たものとして……村沢さんが逮捕されると、不都合なことになるからかナ？」

公子は思わず、真紀の瞳を見つめてしまった。

「神原、今日のお前は冴えてるかもしれない」

「なんで？　褒《ほ》めても何も出ないヨ？」

「たった今、妙なことに気がついたからだ。ちょっと待ってくれ」

そう断りを入れると、公子は今日起きた出来事を時系列順にノートに書き出していく。

●パトリシア、二階の控え室にタブレットを置いて鍵をかける。
●パトリシア、カフェでハウスマン先生と合流する。
●ハウスマン先生、カフェを出てそのまま二階の控え室に向かい、タブレットがないことに気がつく。

●ハウスマン先生、一階フロアに降りてパトリシアを罵倒《ばとう》。

「さて、タブレットはいつ盗まれた？」

他の三人に見えるように、ノートを突き出しながら、公子は問いかける。

「そんなの決まってんじゃん。パトリシアさんがカフェに行った後に、村沢さんが控え室に行って盗んだんでショ？　十二時開場ならギリギリ間に合うし」

「村沢さんはファンではあってもただの部外者だ。二階の控え室にタブレットがあったことを知っていた筈がない」

エリカがパトリシアにタブレットを預けたのは十一時半頃。リハーサルは終わっていたとはいえ、その時間に一般客はまだ入場していない。

「でも二階の控え室、貼り紙あったじゃん。二階に上がったらエリカ先生の控え室らしい場所を見つけて、つい魔が差したって可能性は充分あるでショ」

「それに、わたしたちが入場して怒ったパトリシアさんを見かけたのが十二時十五分頃ですから……十二時十分ぐらいまでに盗まれたと仮定すれば、余裕は意外とありますよ」

「それも村沢さんが先頭の方に並んでいた場合の話だろう。まあ、熱心なファンならおかしくはないが……」

「で、ミカは何が言いたいわけ？　村沢さんは濡《ぬ》れ衣《ぎぬ》を着せられたってこと？」

「いや、タブレットの盗難自体は動かない。問題は、それがどんな状況だったかということだ」

仮に村沢が列の前の方に並んでいたとして、入場直後に二階を目指した筈がない。そんなことをすれば仮にエリカのタブレットを入手できたとしても、良い席は全て埋まっているだろう。しかし現実には、村沢は前方の良い席を確保していた。そういう意味では村沢にはアリバイがあるのだ。

十二時から入場まで五分、更に入場してから席を確保するのに五分ぐらいかかったとしても、その時点でもう二階の控え室まで冒険する余裕はない。それこそ、タブレットがあると最初から解ってないと無理だろう。

エリカが隠したかったのも、おそらくこの辺の事情が関わっているのだろうが。

「やはり村沢さんに確認しておきたいことがあるな」

「でも村沢さんは、泥棒じゃないってことになったんでしょ？　もう帰ってるかもよ……」

「どうかな。無罪放免となった以上、また素知らぬ顔で自分の席に戻って講演を聴いているかもしれん」

「でもわたしは、あの人が今更自分に不利になることを話してくれるとは思わないんですけど」

それは千鶴の言う通りかもしれない。せめて他に詰め手があれば良いのだが……。

「そういえば近松さんもそそっかしいよね。あたしたちが二階の控え室を訪ねた時、近松さんはキーホルダーを持ってたでしょ？　鍵が壊れているのは解ってた筈なのに。手ぶらで良かったのにね」

瞬間、公子の頭に閃《ひらめ》きが走った。

そうか……そういうことだったのか。信じがたいが、そう解釈するしかない。

「先崎、悪いが近松さんを大至急で捕まえてくれ。今回の関係者を集めて欲しい」

「え、別にいいけど」

真紀の後ろ姿を見送ってから、公子は少しだけ後悔した。

はたして私に他人を破滅させる権利があるのだろうか。


終演後、公子たちは控え室に戻ってきたエリカを出迎えた。

「タブレットは戻って来たのに、どういうつもり？」

エリカは腕組みをする。その視線の先にはパトリシアや村沢がいた。一時的なものとは言え、自分の城に他人が勝手に入り込んでいることが許せない様子だ。

「まあまあ、ハウスマン先生。ちょっとだけですから……あ、三方さん。この後、打ち上げも控えているので手短にね」

近松が空気を読まずにそんなことを口にしたが、公子は聞かなかったことにした。

「ハウスマン先生、どうしても腑に落ちないことがあるんですが、あなたは本当に二階の控え室に行ったのですか？」

「行ったけど、それがどうしたの？」

「では、先生はどうして最初に訊いた時、鍵が壊されていることを私たちに言わなかったのですか？　密室からタブレットが消えれば消失ですが、鍵の壊れた部屋からタブレットがなくなればそれは盗難です」

「どうしてって……時間もなかったから話を省いただけだけど？」

「そうですか？　だったら近松さんに教えてあげてもよかったでしょう。少なくとも鍵の壊れた控え室に近松さんを向かわせるのに、わざわざキーホルダーを渡す必要なんてどこにもなかったのでは？」

エリカは不機嫌そうに黙り込む。

公子の見立てでは、あの段階でエリカは二階の控え室の鍵が壊れていたことを知らなかった。

「解った。私の勘違いだったの。私は鍵が壊れていることに気がつかずキーを差し込んで、解錠できたと思い込んだ。で、タブレットがなくなってることに気がついてカッとなって、そのまま鍵もかけずにロビーに向かったの。盗まれるようなものもなかったしね。はい、これで満足？」

「どうして訂正しなかったんですか？　開演前、私たちが控え室に行った時に訂正できた筈ですよ。近松さんから鍵が壊れていると聞かされてから今の言い訳を考えたんですよね？」

「あんまりふざけないで」

静かな口調ではあったが、エリカは怒りを隠そうともしなかった。

エリカはプライドが高いから、中学生に対して自分のミスを申告できなかった……そう取ることも可能だが、公子の解釈はまた違った。

「今日は何度も付き合ってあげたけど、私はもう暇じゃないの。ユーたちと話してる時間で私がいくら貰えるか教えてあげましょうか?」

エリカは上手く取り繕《つくろ》っていただけで、本来はこういう人間だ。余裕がなくなって地が見え始めた。

「興味がないんで結構です。でも、あなたの勘違いで傷つけられたパトリシアさんのことを、忘れてませんか?」

エリカは時折他者に優しさを振りまく。しかし一方で、どうでもいいと思っている他者を平気で踏みつける。そして公子もパトリシアも、被害者の会の仲間であった。

「パトリシアさんの話と状況から、私たちは最初、タブレットは開場間もないタイミングで村沢さんによって盗まれたと思っていました。しかしそれだと矛盾が生じます。

村沢さんはホールの前の方の席に座っていました。これはつまり、早い時間から列に並んでいたことを意味します。開場前にこの建物に入ることはできませんし、前の席を取るためには入場したら、まずホールへ向かわなければなりません。従って村沢さんが二階の控え室に行ったのは、少なくとも十二時十分以降だと思われますが……このタイミングでまっすぐ二階の控え室に行ったのなら、タブレットを取りに行ったハウスマン先生と鉢合わせしていないとおかしいです。そうなっていないということは、タブレットが盗まれたのは例のハプニングが起きた十五分以降と考えるべきです。どうです、村沢さん?」

「君の言う通りだ。十二時十二分に席を取って、リュックを置いてトイレに行った」

公子が全てお見通しと見て、村沢は観念したようだ。

「トイレの帰り、ハウスマンさんがそこのパトリシアさんを怒鳴ってるのが聞こえて。気になって聞き耳を立てていたら、『確かに二階の控え室に置いた』とお付きの人が言ってるのが解ったんだ。一応、英会話やってるもんで……二階に控え室があると解ったら、どうしても覗いてみたくなって……エリカさんがロビーにいる内に急いで階段を駆け上がった」

「じゃあ、控え室のドアを壊したのは？」

「俺だよ。壊すつもりはなかったんだけど、ちょっと強く回したらあっさり壊れて……」

それが本当に故意ではなかったかどうか、公子には判断できない。罪人が少しでも刑を軽くして貰おうと、嘘をつくことはままあるからだ。

「エリカさんの控え室の割にはボロくて、大して物もないことにガッカリしたんですが……タブレットが置いてあることに気がついて……ほんの出来心だったんです」

エリカは苦虫を嚙み潰したような表情を浮かべた。公子の考えが正しければ、人前でこれを言わせたくなかったからこそ、エリカは盗難事件をなかったことにしようとした筈だ。

「おかしいですよね。あなたはタブレットがなかったから、パトリシアさんを叱責したと言いました。しかし現実にはロビーでの一幕の後、二階の控え室にはタブレットがあった……ところで村沢さん、タブレットは解り辛《づら》い場所にありましたか？」

公子が水を向けると、村沢は慌てて顔を強く横に振った。

「いやいや、目につくところにありました。決して物色なんてしてません」

「だとすると、パトリシアさんの置いた場所が悪くてハウスマン先生が見落としたわけでもない……こうなると、先生の『控え室にタブレットがなかった』という証言を疑うのが当然の流れでしょう」

エリカの瞼《まぶた》が軽く痙攣《けいれん》していた。公子に自分のミスを指摘されたからか、それとも破滅に脅えているのか……。

「はっ、ナンセンス！　そんな嘘をついてなんの意味があるの？」

「私を辞めさせる理由が欲しかったんでしょ！」

パトリシアが食ってかかる。また英語で罵倒を始められたら泥沼だ。公子は結論を急いだ。

「実はこの奇妙な現象に説明をつける方法が、一つだけあります」

その場の全員が公子を注視する。特にエリカは、刺すような視線を公子に向けていた。

「ハウスマン先生、あなたは『どちらの控え室ですか？』とパトリシアさんに訊かれて、『ファーストフロアの控え室にお願い』と答えたのではありませんか？」

エリカは公子の質問に答えなかった。否《いな》、おそらく答えられないのだ。

アメリカ英語とイギリス英語は決して同じものではない。例えばアメリカでは一階をファーストフロア、二階をセカンドフロアと数えていくのに対し、イギリスでは一階をグラウンドフロアと呼び、二階からファーストフロアと数えていく。日本人の感覚からするとイギリス式の階の数え方は妙かもしれないが、この数え方を採用している国は決して少なくはない。

文化の差はさておき、今重要なのは〝ファーストフロア〟が聞き手によって意味が変わる英単語ということだ。

「答えたくないのなら結構です。パトリシアさんに確かめれば済む話ですから」

「そう、確かにこの人はファーストフロアの控え室に運ぶよう命令したの……あ、そういうことなの？」

どうやらパトリシアは気がついたようだ。

「ええ、そうなんです。今回の事件は、ハウスマン先生がファーストフロアを一階のつもりで口にしたのが、そもそもの始まりなんです」

今日の昼に起きたことはつまりこうだ。エリカは一階のつもりでファーストフロアと言ったが、イギリス出身のパトリシアはそれを二階と受け取り、二階の控え室にタブレットを置いてエリカたちのいるカフェへ戻る。その後、エリカはカフェを出て一階の控え室に行くが、タブレットがないことに気がつき、パトリシアの仕事のいい加減さに腹を立てた。そしてロビーに引き返して、パトリシアを叱責した……。

「それ自体は不幸な行き違いです。しかしあなたは自分の勘違いに気がつかないまま、パトリシアさんのミスを疑い、彼女を傷つけた。そればかりか、真相に気がついた後も自分の勘違いを糊塗《こと》しようとした」

階数の取り違えを防ぎたかったら、「グラウンドフロアの控え室」と告げるか、ファーストフロアに意味の取り違えがないかどうか、パトリシアに確認するべきだった。それができなかったのはその使い分けが意識の外にあったからだろう。

しかし、だとすると辻褄《つじつま》が合わなくなる。エリカ・ハウスマンもイギリス育ちで、少し前までアメリカで働いていた筈だからだ。当然、その程度の使い分けは意識しなくても切り替えられなくてはおかしい。

だからこそ、エリカは自分の勘違いを必死で隠さなければならなかったのだ。

「そう、ユーの言う通り、全部私の勘違い。パトリシアには謝るし、慰謝料も込みで本来の手当の三倍を出す」

そうやって、なんでも金銭的価値に換算しようとするところが、公子を苛立たせ続けたものだ。究極的には金で買えないものなんてないかもしれないが、他人に値付けされるのは不愉快極まりない。

「それでフィニッシュ、全部終わり！」

エリカが焦《あせ》っているのは明らかだ。それを口にされたら全てがご破算。

今、公子は一人の人間の人生を破壊しようとしている。自分にそんな権利がないことは解っているが、それでも最後まで公子の心を汲《く》もうとしなかったエリカに向けて、公子は決定的な一言を発してしまった。

「ハウスマン先生、あなたは本当に海外で生活していたんですか？」

＊

人の口に戸は立てられぬとはよく言ったものだ。講演会の数日後、ある週刊誌がエリカ・ハウスマンの経歴詐称《さしょう》疑惑の口火を切ると、各社は競うように続報を打ち上げた。パトリシアか村沢、あるいは近松が記者に漏らしたのかもしれないが、今となっては確かめようがない。ただ、金になりそうな疑惑が浮かび上がれば、その裏を取りに行く人間が存在するということだけは確かだ。

エリカ・ハウスマンに関する報道は、裏を取った経路によって細部は異なったものの、おおよそ以下のような内容だった。

エリカ・ハウスマンは本名を鈴木《すずき》花江《はなえ》といい、福岡の片田舎《かたいなか》で生まれ育った。中学の卒業アルバムの写真が元同級生の手によって発掘されたが、当時の花江の風貌は目を引く美少女ではなく、むしろ地味で目立たない田舎の少女だった。成績も特に得意教科はなく、皆の記憶にもロクに残っていないようだ。

花江の家は貧しい母子家庭で、家計を支えていた母親が病気で倒れると、花江は通っていた高校を中退し、生活と母親の治療費を稼ぐためにホステスの仕事を始めた。それぐらい余裕のない暮らしを送っていたのだ。

だが皮肉なことに、水商売の世界に入ったことで、花江は自分を飾る才能に開花する。ホステスとして美しく花開いた彼女は、店の上客だった外資系のエリートたちとプライベートでの付き合いを始める。彼女がどこかの英会話教室で英語を学んだ形跡は認められなかったが、おそらくは彼らと付き合う内に独学で身につけたのだろう。どうも中学校の学力テストでは、花江の頭の良さを計りきれなかったようだ。

やがて花江の母親が病死すると、彼女を縛り付けるものがなくなったのか、生まれ育った福岡を捨て、メイクとファッションも変え、上京してエリカ・ハウスマンとして生き始める。複数人のエリートたちと付き合った結果、彼らの底が見えて、自分で海外帰りのエリートを騙《かた》った方が遙かに楽ということに気がついたのかもしれない。

エリカは潜り込んだカルチャーセンターで様々な業界人の心を摑み、成功への階段を駆け上った。しかしひょんなことから嘘がバレ、頂点から転がり落ちた……。

鈴木花江とエリカ・ハウスマンという正反対の二人を繋ぐために論理が飛躍している面はあるが、たった数百字で彼女の人生を説明するにはそれで充分かもしれない。

しかし読みようによっては、自分たちが騙されていたバツの悪さを誤魔化《ごまか》そうとするために、エリカ・ハウスマンという怪物がいかにして誕生したのかというストーリーを、各社で競作しているようにも見える。

「日本全国がとんでもない偽物に騙されてたってお話ネ」

四月初旬、四人はカルチャーセンターのロビーに集まっていた。

「三方さん、どうしてエリカ先生の嘘が見抜けたんですか？」

「見抜けたんじゃない。あの人の全てが嘘であって欲しいと願っていたからだ」

エリカを嫌いになった結果、言動や振る舞いの全てが目につくようになった。以来、不審の色眼鏡でエリカを眺めていた。要は嫌いな人間の粗《あら》探しをしていたら、大当たりを引いてしまっただけの話だ。

「エリカ先生、かなりいいところまで行ったのにナー。まさかミカのダウト一発で破滅するなんて……反面教師にしようっと」

「……お前はこの件から何の教訓も得てないのか？」

「違う違う！　ブラフとかハッタリは本物の部分がないと効かないって話。例えば先生は経歴を疑われた時点で終わったでショ？　そうならないように磨けるところは磨く、それが本物になれないウチなりの生き方」

一層ロクでもない方向に進んだ気もするが……まあ、コンプレックスを前向きに肯定できるようになったのは良いことなのかもしれない。

なんだかんだでカルチャーセンターのダメージは意外と小さかった。勿論、講師が経歴を詐称していたのは問題だったが、センターも被害者ということでどうにか収まり、すぐに通常営業に戻った。問題は、これからエリカをレギュラーに据えて番組を始めようとしていたテレビ局や、新書を刷っていた出版社だ。場合によっては億単位の損害賠償になるかもしれないという話だが、当のエリカは雲隠れしているそうだ。

「エリカ先生、心配だなあ」

「何、間違っても自分で命を絶つタイプではない。当座の現金もあるし、どこかで雌伏《しふく》の時を過ごしているんだろう」

フォローのつもりでそう口にしてから、自分の物言いがあまりに冷たかったことに気がつき、公子はすぐにこう付け加える。

「あの人の頭の回転が速いのは認めるが、やはり完全な他人になりきるのは難しかったようだな。きっとパトリシアさんと出会わなくても、いずれボロを出していた」

講演会当日のエリカの立ち回りの全てが、自分の過去を隠し通すためだったと思うと少し同情してしまうが、だからこそ、もう少し謙虚に生きるべきだったのではないかという気がする。

「きっと、いつかは通っていたと主張した大学の同級生か会社の同僚が、『あんな奴知らない』って言い出して終わってたんだろうネ。そう考えると、目標金額を決めて達成したら即引退するのが、正解だったんだろうけど……それはウチが同じ立場でも難しかっただろうネ」

「そういう判断は講座でもエリカ先生から沢山教えて貰いましたけど、自身がその通りに行動できるわけではないんですね」

エリカを慕っていた千鶴も、今回の一件でそんなに落ち込んでいなかった。エリカならそういうこともあり得ると思っていたからだろう。

「たとえ嘘で固めた経歴だったとしても、わたしはエリカ先生から強く生き抜くためのコツを学びましたよ。それはこの先もきっと無駄になりません」

「お、悪女宣言かナ？」

真紀の混ぜっ返しに千鶴は微笑む。

「さあ、どうでしょうか？　でも、大人になっても、悪い人たちに騙されない準備はできたと思いますよ。それと自分の意志を通す方法も解ってきましたしね」

一方、桃は浮かない顔をしている。エリカのことがショックだったのだろう。

「先生があたしに優しかったのは、きっと貧しい家に育ったからなんだろうね」

その点に関してはエリカに同情せざるを得ない。報道を信じるなら、エリカは公子たちのような良い家庭環境を与えられていないどころかマイナスからスタートしている。持たざる者が這い上がるためには、持っているものを全て使うしかない。

「みんなはエリカ先生のことを、お金のことしか頭になかった詐欺師みたいに言うけど、本当にそうだったらあたしのことなんか無視してたと思う」

「わたしも、あれだけは損得じゃなかったと思ってます」

「この先、お父さんの仕事もどうなるか解らないけど……あたし、何があっても絶対に文句を言ったりしないよ。だって昔の先生よりはずっとマシなんだもん」

それでも、エリカの退場は桃の心に火を点けたようだ。

「あの人の生き方は嫌いだったが、勉強にはなったよ。生きるために、自分の持てる全てを使わないといけない人間もいる。そして私たちは、そういう人間とも競争しないといけない。綺麗事だけじゃ足をすくわれる」

「あ、まさか今度はミカが怪物になるって話？」

そう混ぜっ返す真紀の手をつねった。

「私は作家になるよ。なるべく若い内にデビューして、話題性で沢山本を売ってやろうって決めたんだ」

自分から商業価値が消えるまで、一冊でも多く書き続けてやろうと。

「それ、エリカ先生にプロデュースをお願いした方が早かったんじゃないノ?」

「馬鹿か。腕を磨くのが先だよ。中身があれば、メッキを剝《は》がされることに脅える必要もない……そうは思わないか?」

「ハイハイ、本物さんは違うネ」

「みんな、今日の目的を忘れてません?」

険悪なムードになることを嫌った千鶴が割り込んできた。しかしそれで、本来の目的を思い出した。

「ああ、忘れてないよ。そろそろまた同じ講座を受けてみたくなった」

「でもさ、ウチとミカが同じ講座受けられると思ってるの?」

「言っておくが今度は多数決禁止だぞ。四人の賛成があって初めて合意だ」

「えへへ、実はあたし、受けたい講座があるんだ」

桃が元気にカタログを開く。受けたい講座を簡単に譲る気はないが、桃のプレゼンテーションには興味があった。

さあ、今度は何を学ぼうか?

あとがき

前の本は『若い頃の悩み』というテーマでしたが、今回はもう少し発展させて『若い頃をどう生きるべきか』で書きました。まあ、作者が読者に向けて「若い頃はこんな風に生きるべきだ！」とエラそうに説教するのは何か違う気がしますし、そもそも彼女たちが出した結論も彼女たち自身のものですから、あまり参考にはなりません。ただ、もしかすると彼女たちが悩みに悩んで、答えに辿《たど》り着く過程は読者のあなたにとって何かヒントになるかもしれません。というか、ヒントになったらいいなとは思ってます。

そういうわけで前回同様に各話解説という名の与太話《よたばなし》です。例によって本編の前にあとがきを読む方にも配慮して、ネタばらしはありません。

●その絆は対角線

あまり私自身が他人と衝突する人間ではないので前作までは登場人物である千鶴《ちづる》たちも大人

しかったわけですが、「まあ、血の通った人間なら譲れないことで喧嘩《けんか》したりするよね」と思い直し、敢《あ》えて彼女たちを喧嘩させてみました。

先に喧嘩させることだけは決めて書き出したのですが、お陰で彼女たちの性格が摑めた気がします。決して行き当たりばったりに書いたわけではありません……って日頃の行いが悪いと全然説得力がないですね。そういうお話です（はい）。

●愛しき仲にも礼儀あり？

歳を経るにつれ、人から愛される才能は大事だなと思うようになりました。別に恋愛に限った話ではなく、人から愛されるということはそれだけで身を助けるからです。本人の能力はともかく、愛されるが故になんとなく機会を与えられ、結果的にまあまあ上手《うま》くいってしまう……そういうことって本当に馬鹿にならないんですよね。

じゃあ、どうやったら愛されるようになるのかと訊かれると答えは難しいんですが、そんな話をマナーというテーマに乗せてお届けしました。私も愛される作家を目指します（は？）。

●胎土の時期を過ぎても

大学時代、作家志望で他人様《ひと》より本を読んで創作をしていた癖に、ビックリするほど文章にセンスがなかったんですよ。一方で別に作家志望でもないのに、サラッといい文章を書く人たちが身の回りにいて、「ああ、これが本物ってやつか」と才能の差を痛感しました。以来、「本物と偽物」という概念を意識しながら生きており、それがこの話に繋《つな》がりました。

ただ、私が本物だと思った人たちの殆《ほとん》どは普通に就職・進学してしまい、センスを欠いた私が他にロクな選択肢がなかったという理由で作家になっていることを考えると、単純に「自分が本物じゃないから」という理由で諦《あきら》めるのはちょっと違う気もしてます（生存者バイアスはあるにせよ）。

ちなみに意味と価値が一致しているものが本物というのは私のオリジナルではなく、尾籠憲《おごもりけん》一《いち》先生の『胎界主《たいかいしゅ》』というWeb漫画からの引用です。陶芸を扱ったのもたまたま〆切直前に作陶体験をしたからですね（〆切直前にやることじゃない）。

他所様《よそ》から借りたもので作った、まさしく偽物のお話ではありますが、読者のあなたの目に一瞬でも本物らしく映ったのなら作家冥利《みょうり》に尽きますね。

●巨人の標本

おびただしい数の新人がデビューしている昨今、作家という肩書き自体にはかつてほどの価値はないわけで、だからこそ「じゃあ、どうして作家をやるの？」という問いかけに答えられないとまずいと思うわけですよ。執筆に取りかかる前は「これまでで一番悪趣味な話になるな」と感じていたのですが、いざ手をつけてみるとそこまでどぎついことが書けなくて、こんな仕上がりになりました。まあ、結果的にはこれで良かった気もしますね。

ちなみに先の問いは、あくまで当人が心から納得できる答えが持てるかどうかが重要であって、「これ！」という正解はないと思います。決して気の利いた答えが書けないから誤魔化《ごまか》しているわけではありません。本当ですよ。

●かくも長き別れ

若い頃に余裕のある大人を見て「将来、あんな風になれるかな」と思っていたのに、いざ自分が大人の世界に入ってみると余裕のある人間なんて見渡す限りどこにもいなくてガッカリするわけですよ。ただ、人間生きてれば色んな問題にぶつかりますし、そもそも仕事だのローンだの老後だのなんて現実的な諸問題は子供の目には見えないわけですから仕方ない気もします。そう思うと子供の頃の憧れってある種の無責任な期待でできていたのかもしれませんね。

でも「人間は自分の見たいものだけを見る生き物」とも言いますし、子供が憧れの目でこちらを見ている内は精一杯見栄を張って生きたいと思います。優雅に泳ぐ白鳥だって水面下では必死で水を掻いているわけですから（いや、あれは嘘らしいですけど）。

それでは最後にまた。彼女たちのお話が悩めるあなたの助けになれれば幸いです。

〈初出一覧〉

「その絆は対角線」〈ミステリーズ！〉vol. 79　二〇一六年十月
「愛しき仲にも礼儀あり？」〈ミステリーズ！〉vol. 80　二〇一六年十二月
「胎土の時期を過ぎても」〈ミステリーズ！〉vol. 81　二〇一七年二月
「巨人の標本」〈ミステリーズ！〉vol. 82　二〇一七年四月
「かくも長き別れ」〈ミステリーズ！〉vol. 83　二〇一七年六月

検印
廃止

著者紹介 1983年奈良県生まれ。京都大学卒。2009年『丸太町ルヴォワール』を講談社BOXから刊行してデビューする。他の著書に『烏丸ルヴォワール』『クローバー・リーフをもう一杯　今宵、謎解きバー「三号館」へ』『シャーロック・ノート　学園裁判と密室の謎』『キングレオの冒険』などがある。

その絆は対角線
日曜は憧れの国

2017年10月20日　初版

著　者　円《まど》　居《い》　挽《ばん》

発行所　(株)　東京創元社
代表者　長谷川晋一

162-0814/東京都新宿区新小川町1-5
電　話　03·3268·8231-営業部
　　　　03·3268·8204-編集部
URL　http://www.tsogen.co.jp
振　替　00160—9—1565
晩印刷・本間製本

ISBN978-4-488-46012-9　C0193

四人の少女たちと講座と謎解き

SUNDAY QUARTET◆Van Madoy

日曜は憧れの国

円居 挽

創元推理文庫

◆

内気な中学二年生・千鶴は、母親の言いつけで四谷のカルチャーセンターの講座を受けることになる。退屈な日常が変わることを期待して料理教室に向かうと、明るく子供っぽい桃、ちゃっかりして現金な真紀、堅物な優等生の公子と出会う。四人は偶然にも同じ班となり、性格の違いからぎくしゃくしつつも、調理を進めていく。ところが、教室内で盗難事件が発生。顚末に納得がいかなかった四人は、真相を推理することに。性格も学校もばらばらな少女たちが、カルチャーセンターで遭遇する様々な事件の謎に挑む。気鋭の著者が贈る、校外活動青春ミステリ。

収録作品＝レフトオーバーズ，一歩千金二歩厳禁，
維新伝心，幾度《いくたび》もリグレット，いきなりは描《えが》けない